KB114045

MODERN FANTASTIC STORY

# 전설의 투자가

박선우 현대 판타지소설

# 전설의 투자가 4

박선우 현대 판타지 소설

초판 1쇄 찍은 날 § 2020년 10월 13일
초판 1쇄 펴낸 날 § 2020년 10월 20일

지은이 § 박선우
펴낸이 § 서경석

총괄팀장 § 노종아
편집책임 § 김예슬
디자인 § 공간42

펴낸곳 § 도서출판 청어람
등록번호 § 제387-1999-000006호
등록일자 § 1999. 5. 31
어람번호 § 제1-3091호

주소 § 경기도 부천시 부일로 483번길 40 서경B/D 3F (우) 14640
전화 § 032-656-4452  팩스 § 032-656-4453
http://www.chungeoram.com
E-mail § chungeorambook@daum.net

ⓒ 박선우, 2020

ISBN 979-11-04-92267-1 04810
ISBN 979-11-04-92230-5 (세트)

※ 파본은 구입하신 서점에서 교환하여 드립니다.
※ 저자와 협의하여 인지를 붙이지 않습니다.
※ 이 책은 도서출판 청어람과 저작자의 계약에 의해 출판된 것이므로,
   무단 전재 및 유포·공유를 금합니다.

MODERN FANTASTIC STORY

# 전설의

④

박선우 현대 판타지소설

# 투자가

# 전설의
## 투자가

# 목차

제25장
새로운 세계

　가수가 방송에 출연하는 이유는 단 하나뿐이다.

　대중들에게 모습을 자주 보임으로써 인기를 얻기 위함일
뿐. 그렇지 않다면 굳이 방송에 출연해 시간을 허비할 이유가
없다.

　인기를 얻은 가수들은 각종 행사와 업소 출연의 단가가 올
라가는데, 어떤 트로트 가수는 행사에서 3곡을 부르는 조건
으로 5천만 원씩 받는다.

　그것이 바로 시장 논리다.

　유명한 놈은 많이 받고, 그렇지 않으면 밥 먹기도 힘든 우

리가 살아가고 있는 세상이다.

그런 측면에서 봤을 때 이병웅의 방송 출연은 사실 의미를 상실한 지 오래였다.

굳이 방송을 출연하지 않았음에도 그의 노래는 여전히 폭발적인 히트를 기록하는 중이었고 수입 또한 상상을 초월할 정도로 들어왔다.

각종 음원 판매로 매달 막대한 수입이 들어왔으며, 그를 출연시키기 위한 광고들도 줄지어 대기하는 중이었다.

이제 그의 광고 출연 몸값은 15억으로 치솟은 상태였으나 기업들은 그의 몸값에 더 이상 연연하지 않았다.

출연하는 광고 제품마다 판매율이 급격히 치솟았으니 그까짓 광고 비용이 무슨 문제겠는가.


*          *          *


"병웅아, 방금 미국 쪽에서 연락이 왔어. 이번 빌보드 차트에서 '헤어진 후'가 5위를 기록했대. 그것 때문에 지금 연예계 기자들이 난리 났다."

사무실로 들어가자 김윤호가 반색을 하면서 다가왔다.

그는 터무니없이 기쁜 소식에 어쩔 줄 모르는 모습이었다.

'헤어진 후'가 아시아를 넘어 미국에서까지 좋은 반응을 보인다는 소식은 이미 접했지만, 최근 무서운 기세를 타며 톱 10 안에 포함되었다는 것이다.

"좋네요. 빌보드라… 우리나라 가수로는 처음이죠?"

"당연하지. 더군다나 지금 무섭게 치고 올라가는 중이라 어쩌면 1위까지 갈 수 있을지 몰라."

"설마, 그렇게까지 되겠어요."

"넌 지금 상황을 잘 몰라서 그래. 정말 엄청난 반응이라니까!"

"우리 사장님 꽤 좋아하시네."

"좋다마다. 아무래도 우리나라 시장보다는 그쪽이 훨씬 크잖아. 벌써 미국 쪽에서 벌어들인 수입이 여기보다 더 커졌어."

"지금 우리나라는 '청춘'이 휩쓸고 있잖아요?"

"그렇지, 그런데 미국 쪽에서 난리가 나면서 '헤어진 후'가 다시 올라왔다. 지금 네 노래가 음원차트 1, 2위를 쓸어 담고 있는 중이야."

"우리 돈 많이 벌겠네요."

"만약 빌보드 차트에서 1위를 하면 미국 쪽에서 널 초청하려고 난리가 날 거다. 네가 없을 때 벌써 3군데나 섭외 요청이 왔단 말이지."

"하하… 인기가 있다는 건 좋은 거죠. 그런데 사장님 표정이 조금 이상하네요?"

이병웅이 웃는 얼굴을 슬쩍 고치며 물었다.

처음엔 흥분하던 김윤호의 표정이 대화를 나누면서 조금씩 흐려졌기 때문이었다.

"씨발, 방송국 이 새끼들이 '창공' 소속 연예인들 보이콧하고 있어."

"저 때문에요?"

"휴우, 널 방송에 내보내지 않으면 우리 연예인들을 전부 자른다는 거야. 벌써 몇 명은 신작 드라마에서 탈락했고, 가수들도 섭외가 중단되었다. 그래서 애들이 힘들어해. 계약 기간이 거의 완료된 애들은 흔들리고 있어. 다른 회사로 옮기는 걸 고민하는 놈들도 생겼어."

"재밌네요."

"뭐가 재밌냐. 난 죽을 판이구먼. 내가 창공을 차린 후 이렇게 힘든 적은 처음이다. 누구보다 로비 쪽에서는 강하다고 생각했는데, 이번엔 분위기가 달라. 네가 미국에 있는 동안 방송국에서 날 죽이겠다는 전화가 수십 번도 넘게 왔어. 광고는 척척 받아먹으면서 방송국엔 출연 안 시키는 이유가 뭐냐고 따지더라."

"방송국 사람들… 그럴 수도 있죠. 그런데 어쩌나… 전 여전히 방송국에 출연 안 할 건데?"

"도대체 방송국 출연을 싫어하는 이유가 뭐냐?"

"싫어하는 게 아니라 시간이 없어서 그래요. 또, 방송국에 출연할 이유도 없잖아요. 방송국에 출연해 봤자 쥐꼬리만 한 출연료 주고 땡인데, 뭐 하러 출연하죠?"

"으……."

"더군다나, 전 내년 봄이면 말씀드린 것처럼 유학을 떠나게 됩니다. 저에겐 한국에서 머물 시간이 4달밖에 남지 않았어요."

"너, 노래하고 싶다고 했잖아. 그래서 가수가 된 거라며!"

"그렇죠. 그런데 꼭 방송에 출연해서 노래를 해야 되나요?"

"미친다… 내가 미쳐."

"자본주의 사회는 항상 주는 것이 있으면 받는 것이 있어야 해요. 그동안 방송국은 그들이 지닌 위력을 이용해서 가수들이 출연할 때 날로 먹어 왔어요. 난 그게 싫습니다."

"아이고, 환장하겠네."

"그러니까, 절 출연시키고 싶으면 제대로 된 보상을 하라고 그러세요. 계속 주둥이로 협박질이나 하지 말고."

맞는 말이다.

그랬기에 김윤호는 이병웅이 자리에서 일어났음에도 아무 말도 하지 못했다.

방송국에서 하는 짓은 갑질의 전형을 보여 주는 것이다.

연기자나, 예능 프로그램의 진행자들한테는 거액의 돈을 쥐어 주면서 유독 그들은 가수들에겐 코 묻은 돈을 제시했다.

가수들의 한계를 너무나 잘 알기에 하는 짓이다.

가수들은 방송에 자주 출연해서 얼굴을 알려야 먹고 사는 약자이기에 방송국은 거의 대부분 공짜 출연을 강요해 왔다.

이병웅이 주장하는 건 그런 관행을 타파하지 않는 한 방송에 출연하지 않겠다는 것이었다.

더욱 골 때리는 건 이병웅이 자리에서 일어난 후였다.

"전 노래하는 거 좋아해요. 하지만 노력한 만큼 돈이 들어와야 된다고 생각합니다. 그러니 방송국은 내버려 두고 돈이나 벌어요."

"어떻게 돈을 벌어?"

"노래가 나오고 나면 콘서트 하자고 했잖아요."

"콘서트!"

"이제 남은 기간 동안 콘서트를 하면서 노래를 부를 생각이에요. 많은 사람들과 함께할 수 있도록 판을 크게 만들어 주세요. 그래야 사장님도 돈을 많이 버실 거 아닙니까."

"흐으… 정말이지. 빵꾸 안 낼 거지? 또, 바쁜 일 있다고 스케줄 다 잡아 놨는데 사라지면 난 진짜 죽어 버릴지도 몰라."

"그럼요. 그리고 방송사에 오퍼도 넣으세요."

"어떤 오퍼?"

"제 콘서트 실황 중계권에 대한 오퍼. 한, 30억 정도면 적절하려나?"

대답할 사이도 없이 이병웅이 웃으며 걸어 나갔다.

그 모습을 보며 김윤호가 입을 떡 벌렸다.

방송국을 상대로 장사를 하겠다는 이병웅의 생각이 어이없었지만, 너무나 기발했기 때문이었다.

물론 방송국에서 30억이란 거액을 내놓을 리 만무하다.

그럼에도 김윤호가 웃을 수 있었던 건 방송국을 상대로 싸우겠다는 이병웅의 배짱이 너무나 마음에 들었기 때문이다.

이병웅이 사라지자 가슴을 두들기며 마음껏 웃었다.

그래, 슈퍼스타는 그 정도는 되어야지.

빌보드까지 씹어 먹는 슈퍼스타를 보유한 내가 방송국을 두려워할 이유가 뭐가 있겠나.

너희들 마음대로 해 봐라.

어디 누가 손해인지 두고 보자.

\*　　　　\*　　　　\*

황수인은 멍하니 하늘을 바라보며 벤치에 앉아 있었다.

이젠 제법 쌀쌀해졌으나 가을 하늘은 푸르렀고, 뭉게구름이 너무 아름다워 눈을 뗄 수 없었다.

갑작스러운 공허함.

3일 전 마지막 촬영까지 끝난 후 친언니처럼 지내던 매니저까지 휴가를 가버리자 알 수 없는 외로움이 몰려왔다.

촬영이 끝날 때마다 느꼈던 감정이었지만 이번에는 유독 심했다.

이유?

그래, 이유는 있다.

바로 그 사람이 자신의 외로움에 대한 이유였다.

비행기에서 오랜 시간 동안 서로를 알아가며 많은 이야기를 나눴다.

그 많은 시간 동안 그녀는 그와의 대화에 집중하며 조금이라도 더 많은 걸 알기 위해 노력했다.

모든 것이 궁금했다.

그가 살아온 인생과, 그의 취미, 철학, 그리고 사랑까지.

한 번도 여자를 사귀지 못했다는 고백.

오랫동안 지녀 왔던 불치병 때문에 여자들에게 받은 상처가 너무나 커 사랑을 할 준비가 안 되었다는 그의 고백을 들으며 눈물을 글썽였다.

그에게 그런 고통이 있을 줄 꿈에도 생각하지 못했다.

그는 모든 여자들의 사랑을 받는 남자였고, 모든 여자들을 사랑할 수 있는 남자라고 생각했었다.

떠나는 순간.

부드러운 미소로 손을 흔들던 그의 모습.

비행기에서 마주친 것이 인연이라 생각했는데, 그는 아무런 약속도 없이 그저 그렇게 손을 흔들고 있었다.

하늘을 보며 그와 나누었던 대화들을 하나씩 떠올렸다.

그와의 대화는 시간이 갈수록 편안했고 재밌었으며 아무런 숨김도 만들지 않았다.

그에게만은 모든 것을 알려 주고 싶었다.

왜, 나는 그냥 그를 떠났을까.

여자의 자존심?

그래, 한 푼의 가치도 없는 알량한 자존심 때문에 다시 만나자는 말을 남기지 못했다.

아니, 어쩌면 당연히 그가 연락해 올 것이란 자신감 때문이었는지도 모른다.

지금까지 살아오면서 남자에게 그녀가 먼저 전화한 적은 한 번도 없었다.

그냥 있어도 남자들이 먼저 전화를 걸어 왔고, 마음을 얻기 위해 혼신의 노력을 쏟았으니까.

그도 그렇게 할 것이란 오만.

바로 그것이 어쩌면 그와의 인연을 자꾸 엇나가게 만드는 이유일 것이다.

궁금했다.

지금 어디서 무엇을 하고 있을까?

한번 떠오른 궁금증이 시간이 지나면서 그녀의 가슴을 바짝바짝 마르게 만들었다.

그랬기에 팔짱을 끼고 하늘을 보며 수많은 갈등 속에서 시간을 보내다 천천히 핸드폰을 꺼냈다.

그래.

그냥 궁금해서 연락하는 것 정도라면 괜찮겠지?

많은 이야기를 나눈 사이니까 그 정도 행동 때문에 나를 값싼 여자 취급하지는 않을 거야.

그런데 왜… 떨리는 거지.

손가락을 움직여 한 글자씩 써 내려갔다.

아주 씨크한 단어를 엄선해서 전혀 감정이 담겨 있지 않은 것처럼.

"미국 일은 잘 끝냈나요? 저도 촬영 끝내고 잘 돌아왔어요."

후우, 후우.

문자메시지 발송 버튼을 누르고 나자 호흡이 미친 듯이 가쁘게 움직이기 시작했다.

얼굴은 새빨갛게 달아올랐고, 그가 문자를 보는 장면을 상상하자 쥐구멍이라도 들어가고 싶다는 마음이 들었다.

콩닥거리는 가슴을 부여잡고 한동안 움직이지 않았다.

한참을 기다렸으나 핸드폰은 여전히 아무런 변화를 보이지 않은 채 그녀를 향해 방긋방긋 웃고 있을 뿐이었다.

아직 안 본 건가?

그럴 수도 있겠지. 워낙 바쁜 사람이니까 아직 못 볼 수도 있을 거야.

그렇게 믿고 싶었다.

보고도 무시했을 수 있다는 생각이 칼날처럼 머릿속을 파고들었으나 애써 부정하며 하늘을 바라본 채 30여 분을 앉아 있었다.

"수인아, 뭐 해. 이제 추워. 그만 들어와서 밥 먹어."

"응, 엄마."

식사를 하라고 부르는 엄마의 모습이 창문을 통해 나타났다.

"촬영 끝났는데 어디 놀러 안 가? 엄마, 네 밥 차려 주느라 힘들어."

"이제 겨우 3일 지났는데, 너무하시네."

"이것아, 난 자유롭게 살았던 사람이라고."

"알았어. 내일까지만 지내고 우리 집에 갈게요."

"누가 가래? 그렇게 멍하니 있지 말고 놀러 나가라는 거지.

촬영 끝내면 친구들 만난다면서 빨빨거리고 돌아다니더니 이 번에 웬일인지 모르겠네. 빨리 들어와 밥이나 먹어."

사라지는 엄마의 얼굴을 보며 황수인이 천천히 자리에서 일어났다.

그때, 전화벨에서 딩동 하는 소리가 들려왔다.

급히 핸드폰의 화면으로 시선을 주자 문자메시지가 왔다는 표시가 나타나 있었다.

벌벌 떨리는 손으로 메시지를 열었다.


[촬영 잘 끝나서 다행이네요. 저도 잘 돌아왔어요.]


우와.

문자메시지를 보자마자 황수인이 펄쩍거리며 저택 안으로 뛰어들었다.

그런 그녀를 엄마가 놀란 눈으로 쳐다봤지만, 황수인은 집 안으로 들어온 후 우아한 백조처럼 거실을 휩쓸며 춤을 췄다.

"너 뭐 하는 거니. 갑자기 왜 그래?"

"응, 갑자기 기분이 너무 좋아져서. 엄마, 오늘따라 왜 이렇게 기분이 좋지. 하늘도 파랗고 세상이 너무 아름다운 것 같아."

"웃기고 있네. 방금 전까지 청승을 떨고 있던 애가 세상이 아름다워?"

"호호… 엄마야. 우리 오늘 쇼핑 갈까? 내가 예쁜 옷 많이 사 줄게."

"이상해. 하늘에서 뭘 봤나. 얘가 갑자기 이상해졌어. 잠깐 있어 봐. 하늘에서 뭘 봤는지 확인해 봐야겠다."

엄마가 창문을 열고 고개를 빼꼼 내미는 걸 보며 황수인이 깔깔거리며 웃었다.

그저 답장이 왔다는 사실만으로도 너무나 기뻤다.

속으로 문자메시지를 보낸 후 얼마나 후회를 했는지 모른다.

문자메시지 보내는 것 정도는 별거 아니라며 속으로 큰소리를 쳤지만, 막상 보내 놓고 나자 후회가 몰려왔다.

그가.

아무런 답장을 하지 않는다면, 상상만 해도 소름이 끼쳤다.

여자로서, 대한민국 최고의 여배우로서 남자한테 까인다는 건 아무리 아니라고 우겨도 자존심에 상처받는 일이 분명했다.

*         *         *

김윤호는 정신없이 움직였다.

방송국에서 소속 연예인을 보이콧하는 일들이 이제 본격적으로 진행되고 있었지만, 그런 것들은 신경조차 쓰지 않았다.

좋다, 니들 마음대로 해 봐.

나 역시 마음이 불편한 건 사실이나 그런 것 때문에 이병웅을 압박할 생각은 추호도 없어.

지금 소속되어 있는 연예인들이 벌써 10명이나 빠져나갔지만, 김윤호는 쿨하게 그들을 보내 주었다.

'창공' 소속이란 이유로 피해를 보고 있으니 굳이 잡은 이유가 없었다.

물론 그 이면에는 자신감이 있었다.

이병웅은 내년 2월에 미국으로 떠남에도 '창공' 소속 연예인으로서 본연의 임무를 충실히 수행할 것이라 약속했다.

다시 말해.

미국으로 떠나는 이유가 학업 때문이지만, 수시로 콘서트를 열어 노래를 부르겠다는 것이었다.

펄쩍거리며 좋아했다.

미국으로 떠나는 순간 모든 것이 나가리라 생각했는데, 이병웅은 전혀 다른 생각을 가지고 있었다.

공부하는 시간이 얼마가 될지 알 수 없는 상황이었으니 암담했다.

아직 발표되지 않은 곡들이 5개나 더 남아 있었고 이병웅의 인기로 봤을 때 계속 히트 할 가능성이 컸음에도, 소속 연예인들의 이탈을 막기엔 부족하다는 판단이었다.

그런 상황에서 나온 이병웅의 폭탄선언.

도대체 학업 중에 어떻게 콘서트를 수시로 열겠다는 건지 이해할 수 없었으나 이병웅은 걱정하지 말라며 자신 있게 말을 끊어 버렸다.

뭐냐, 이 자식.

펜실베이니아 와튼스쿨은 천재들만 가는 곳으로 아는데 거기서 땡땡이를 치겠다는 거야?

도대체 모를 일이다.

그럼에도 믿는다.

이병웅은 가끔 소리 소문 없이 사라지긴 했지만, 정해진 스케줄을 어긴 적은 한 번도 없었다.

\* \* \*

이병웅의 콘서트가 시행된다는 소식이 전해지자 연예부 기자들이 벌 떼처럼 달려들었다.

그만큼 이병웅의 파괴력은 크다.

방송국에 출연한 후 지금까지 공식 석상에 한 번도 나타나지 않았고, 이병웅을 만나기가 하늘의 별 따기처럼 힘들었기 때문에 콘서트를 향한 기자들의 관심은 극에 달해 있었다.

기자들의 관심은 곧 대중들의 관심을 나타낸다.

지금도 인터넷에서는 수시로 실검 1위에 이병웅의 이름이 등장 할 정도로 그에 관한 것 모두가 대중들의 관심을 폭발적으로 끌어냈다.

특히, 여자들의 관심은 거의 절대적이었다.

이병웅이 잘생겼다는 건 누구도 부정하지 못하는 사실이다.

세상에 잘생긴 놈들이 한둘이겠는가.

그럼에도 이병웅이 여자들에게 압도적인 인기를 끌고 있는 건 남자들마저 인정할 수밖에 없는 그의 마력 때문이다.

한번 보면 절대 잊을 수 없는 눈.

10여 편의 광고에 출연할 때마다 그의 눈은 수시로 변했는데, 그 눈빛 하나하나에 여자들은 심장이 떨어지는 설렘을 느끼고 있었다.

"사장님, 이번 콘서트는 서울만 하는 겁니까?"

"아닙니다. 다음 주 서울부터 시작해서 부산과 대구까지 3곳에서 진행됩니다."

"저희가 들은 정보에 따르면 일본 측과 중국 측에서도 콘택트가 왔다고 하던데 사실인가요?"

"그렇습니다. 지금 일본, 중국 측과 협의 중입니다. 만약, 협상이 원만하게 추진되면 도쿄와 상해에서 대규모 콘서트가 열릴 것입니다."

김윤호가 순순히 인정하자 기자들의 손이 미친 듯이 움직였다.

대박이다.

현재 이병웅의 인기는 한국을 벗어난 지 오래였다.

일본과 중국 쪽에서는 이병웅의 곡들이 공전의 히트를 기록하는 중이었으며, 뮤직비디오는 물론이고 오죽하면 그가 출연한 광고까지 수입해서 방송할 정도였다.

그런 상황에서의 해외 콘서트.

이건 보나마나 엄청난 센세이션을 일으킬 게 분명했다.

"이번 주 빌보드 차트에서 드디어 '헤어진 후'가 빌보드 차트 2위에 올랐습니다. 현지 여론에서는 곧 1위를 할 것으로 예상하던데 미국 진출은 어떻게 되는 겁니까?"

"그렇지 않아도 지금 미국 쪽과 긴밀히 협의하는 중입니다. 하지만 당장은 어려울 것 같습니다. 이미 콘서트 일정이 잡혀 있기 때문에 모든 일정을 소화한 후에나 가능할 겁니다."

"도대체 이병웅 씨는 어디에 있는 거죠? 왜 방송에서 한 번도 볼 수 없는 건지 말해 주십시오."

매일신문 기자의 질문에 모든 기자들의 눈이 한꺼번에 쏠렸다.

그들도 진짜 궁금했던 내용이었기 때문이었다.

이병웅.

한국을 넘어 아시아와 미국. 심지어는 유럽까지 선풍적인 인기를 끌고 있는 희대의 풍운아.

그런 스타가 노래만 발표한 후 활동하지 않는다는 건 기자들에겐 미치고 환장할 일이었다.

대중들은 그에 대한 소식을 원했지만 아무것도 전해 줄 수 없다는 건 기자로서 더없이 괴롭고 답답한 일이었다.

질문을 받은 김윤호가 빤히 기자의 얼굴을 바라보다 어렵게 입을 열었다.

그로서는 상당히 망설여지는 질문이었지만 이젠 터뜨릴 때도 되었다.

"이병웅 씨는 모처에서 해외 유학을 위해 준비 중입니다."

"와튼스쿨 유학을 말하시는 건가요?"

"그렇습니다."

"그건 그렇다 쳐도 이건 너무한 거 아닙니까. 수많은 팬들이 그의 모습을 보고 싶어 합니다. 공인으로서 당연히 방송에 출연해서 모습을 보이는 게 도리인 것 같은데 어떻게 생각하십니까?"

"방송에 출연하지 않는 건 다른 이유가 있기 때문입니다."

"어떤 이유죠?"

"방송국에서는 가수가 프로그램에 출연해서 노래를 할 경우 겨우 30만 원의 출연료를 주고 있습니다. 프로그램에 출연하기 위해서는 하루를 꼬박 허비해야 되는데, 겨우 기름값이나 주는 것이죠. 이병웅 씨는 그런 관행이 존재하는 한 방송국에 출연하지 않을 생각입니다. 특급 연기자나 개그맨들은 1회 방송에 몇천만 원씩 받는데 왜 가수들은 그런 대접을 받아야 되는 거죠? 그것은 완전한 방송사의 갑질입니다. 더군다나, 방송사는 그런 나쁜 관행을 고칠 생각 대신 저희 '창공' 소속 연예인들의 출연을 거부하고 있습니다. 이병웅 씨를 출연시키지 않는 한 '창공' 소속 연예인들을 보이콧하겠다는 겁니다."

"그게 사실입니까!"

"사실입니다. 벌써 '창공' 소속 연예인들이 방송사의 희생양이 되어 회사를 떠났습니다. 방송에 출연하지 못한다는 보복을 함으로서 이병웅 씨를 협박한 겁니다. 저는 방송사가 이런 나쁜 관행을 바꿔야 한다고 생각합니다."

씨발, 이젠 나도 모르겠다.

이병웅이 원한 대로 떠들었지만 속은 새까맣게 타들어갔다.

방송사를 상대로 싸운다는 것 자체가 소속사를 운영하는 입장에서는 병신 짓이나 다름없지만 여기서 물러서고 싶지 않았다.

왜냐고?

나에겐 슈퍼스타 이병웅이 있기 때문이다.

*        *        *

이병웅은 콘서트를 준비하면서 시간을 보냈다.

이번 콘서트는 그가 이미 발표한 자신의 곡, '헤어진 후'와 '청춘'외에 8개의 곡을 준비한 상태였다.

그의 감성과 가장 어울리는, 누구나 알고 있는 명곡들로 대한민국 최고라는 편곡자 김기춘의 손을 거쳐 재탄생한 곡들이었다.

직접 기타를 치는 곡이 3개, 나머지는 한국 최고라는 하우스밴드가 반주를 담당했다.

그의 콘서트는 발매한 지 불과 5분 만에 전부 매진해 버리는 기염을 토했는데, 표를 구하지 못한 사람들의 불만이 극에 달할 정도였다.

서울, 부산, 대구.

3곳에서 벌어지는 콘서트는 올림픽체육관을 비롯해서 15,000석에 달하는 관객들을 수용할 만큼 거대한 규모였으나 인터넷은 온통 표를 구하지 못한 사람들의 하소연으로 가득 찼다.

무대 근처의 R석 비용이 25만 원이었고 일반석조차 10만 원
으로 책정되어 있었으나, 사람들은 돈을 전혀 생각하지 않았
다.

그만큼 이병웅을 가까이서 보고 싶다는 열망이 강하다는
뜻이다.

*　　　*　　　*

"얼씨구, 호랑이도 제 말 하면 온다더니 귀신이 따로 없네.
내가 널 무지하게 보고 싶어 한다는 걸 어떻게 알았냐?"

"하하… 우리 현수, 잘 있었지?"

"이 자식아, 얼굴 잊어버리겠어. 그래, 콘서트 준비는 잘되어
가고?"

"응, 처음이잖아. 최선을 다하고 있어."

"바쁠 텐데, 오늘은 웬일로 왔어?"

"중요한 일이 생겼다. 그래서 회의를 해야 해."

"투자?"

"응."

이병웅이 대답을 하면서 눈을 돌리자 정설아가 자신의 방
에서 나오다가 그를 확인하고 깜짝 놀라는 표정을 지었다.

콘서트를 준비하느라 눈코 뜰 새 없다는 말을 들었는데, 갑자기 나타나자 그녀는 놀라움을 숨기지 못했다.

사무실엔 오직 그녀와 문현수뿐이었다.

신사업을 위해 만든 관리 조직은 다른 빌딩을 이용했고 '제우스'의 오리지널 멤버들은 사무실을 여의도로 옮겼다.

모두 이병웅 때문이다.

이병웅은 숙소도 3달 간격으로 옮기고 있었는데, 기자들의 눈을 피하기 위함이었다.

"병웅 씨, 바쁘다더니 사무실에 왜 왔어?"

"일단 앉아. 미국에서 중요한 정보가 들어왔어."

"중요한 건가 보네. 엄청 바쁘다면서 여기까지 온 걸 보면."

"현수도 앉아. 같이 들어야 해."

"아우, 겁난다. 뭐 길래 안색이 파랗게 질리셨나?"

문현수가 농담을 건넸으나 이병웅의 얼굴에는 이미 웃음이 사라져 있었다.

그 정도로 심각한 이야기란 뜻이다.

"오늘 새벽, 미국에 있는 지인한테 연락이 왔어. 연준에서 드디어 양적 완화를 시행한다는 소식이야."

"그게… 정말이야?"

"얼마나?"

이병웅의 말이 떨어지자 두 사람이 동시에 소리를 버럭 질렸다.

그만큼 양적 완화가 주는 의미가 컸기 때문이었다.

"아직, 규모는 알 수 없어. 하지만 지금 벌어진 금융 위기를 막기 위해서는 천문학적인 돈이 풀리게 되겠지."

"그럼 당장 인버스를 처분해야 돼. 그게 발표 나면 증시는 폭등장으로 돌아설 거야."

"아니, 절대 그렇지 않아. 누나, 양적 완화가 된다 해도 시장이 금방 회복되진 못해. 천문학적인 돈이 풀려도 급한 데를 메꾸려면 시간이 걸릴 테니까."

"무슨 소리. 시장은 소문에 사서 뉴스에 팔란 말 못 들어 봤어? 금융 쪽 인간들은 냉정하고 치밀해. 양적 완화란 말 하나 가지고도 무차별적으로 올리는 자들이야."

"확률은 적지만 그럴 수도 있지…… 내가 듣기로는 이번 주 수요일 정도에 언론 쪽이 움직인대. 그러니, 혹시 모르니까 내일 인버스의 절반을 던져."

"나머지는?"

"말했잖아. 양적 완화을 시행해도 워낙 크게 무너진 상황이라 쉽게 반등하기 못해. 일단 절반을 매도하고 나머지는 상황을 보면서 순차적으로 매도하는 게 좋겠어."

"병웅아, 그냥 팔자. 만약 네 판단이 틀리면 우린 한 방에 번 돈을 날릴 수 있어."

"투자자의 제1원칙이 누구는 안전이라고 하더라. 하지만 난 그렇게 생각하지 않아. 진정한 투자자는 정확한 판단력과 그걸 시행할 수 있는 용기를 가져야 한다. 지금까지 우리가 그렇게 해 왔고. 안 그래?"

"으… 금액이 너무 크니까 그렇지. 너 덕분에 여기까지 왔지만, 난 계좌를 확인할 때마다 소름이 끼쳐."

어쩌면 문현수의 반응은 당연한 것이다.

지금 미국 인버스 2X 계좌에 들어 있는 금액은 1조 8,000억을 넘고 있었다.

수익률이 무려 230%에 달했으니 진짜 엄청난 대박을 터뜨린 것이다.

그럼에도 이병웅은 아직까지 이 정도 수익에서 만족하지 못하는 것 같았다.

"누나, 마무리를 잘해 줘. 이제 곧, 연준이 펑크 난 은행과 기업들을 살린다는 소식들이 봇물처럼 터질 거야. 그럼 다음 우리한테 결정적인 소식이 날아온다. 뭔지 짐작하지?"

"펑크를 다 때우고 나면 경기를 살려야 해. 그러기 위해서는 시중에 돈을 풀어야 되고. 연준이 시중에 돈을 푸는 방법은… 결국 국채 매입뿐이겠네."

"빙고, 역시 우리 누나는 에이스 중의 에이스야."

"우씨, 난 무슨 소린지 모르겠어. 누나, 연준이 왜 국채를 매입한다고 생각한 거야?"

"시중에 돈을 푸는 건 그 방법이 가장 좋으니까. 은행들이 가지고 있거나 정부에서 발행하는 국채를 매입해 주면 유동성을 확보하게 되잖아. 그래서 시중에 돈이 돌게 만드는 메커니즘을 구사하는 거야."

"연준이 직접 하면… 아하, 그건 안 되겠구나."

문현수가 말을 하다 자신의 무릎을 소리 나게 쳤다.

워낙 똑똑한 놈이다 보니 금방 상황이 돌아가는 걸 눈치챘기 때문이었다.

그 모습을 보면서 이병웅이 희미한 웃음을 지었다.

"누나, 우리 베팅은 그때부터가 진짜야."

"휴우, 병웅 씨. 일단 상승 쪽으로 베팅하기 위해서는 양적완화의 규모를 알아야 해. 우리가 생각한 거보다 적으면 낭패를 볼 수 있어."

"걱정 마. 연준은 경제가 살아날 때까지 무차별적으로 살포할 수밖에 없어. 그러니까 우린 안심하고 베팅해도 돼."

"알았어. 계획한 대로 시행할게. 그런데 진짜 겁나긴 해. 워낙 돈이 커져서 웬만한 건 눈 하나 깜짝하지 않았던 나도 손가락이 잘 안 움직여."

"철의 마녀께서 엄살은, 인버스 매도한 금액 중 70%는 철욱이한테 보내. 그리고 30%는 현수한테 주고. 넌 다음 주에 상해로 날아가지?"

"응, 상해 지부 설립은 전부 끝냈어. 지금 직원들 뽑고 있는 중이야."

"오케이, 이젠 회의 끝. 누나는 현재 투자 금액을 가지고 세부 투자 계획서를 작성해서 철욱이 하고 현수한테 넘겨줘. 내가 얘기한 비율대로 정리하면 그리 어렵지는 않을 거야."

"병웅 씨는 뭐 하고?"

"하하… 난 노래 부르러 가야지."

사람은 돈이 많아지게 되면 무모한 상상을 하게 되고, 세상 모든 일이 자기 마음대로 될 거한 확신을 하게 된다.

졸부들이 돈 자랑을 하면서 갑질을 해 대는 것도 그 일환이고, 돈을 가진 놈들이 권력을 탐해서 국회의원이 되려고 발광하는 것도 그 때문이다.

이병웅은 불과 3년 만에 자산 규모 2조 1,000억에 달하는 '제우스'의 신화를 만들어 냈다.

마치 소설 속의 주인공처럼 말도 안 되는 일을 벌인 것이다.

이미, 사채왕 김철기와 이명숙에게 빌린 돈은 일 년 이자율 30%씩 계산해서 전부 갚은 상태였기 때문에 '제우스'의 모든 자산은 이병웅의 개인 자산이었다.

지금도 증권가에서는 '제우스'의 신화에 대해서 말이 많았지만, 이병웅의 정체를 아는 사람은 하나도 없었다.

그들은 투자회사의 목적답게 '제우스'가 상당수의 투자자를 유치해서 거대한 수익률을 올렸다고 생각할 뿐이었다.

강남 3대 큰손인 사채왕 김철기와 이명숙의 자금이 '제우스'로 투자되었다는 건 증권가 사람들은 다 알 정도였으니 어쩌면 당연한 일이었다.

말이 2조 1,000억이지, 그야말로 천문학적인 돈이다.

미국이나 유럽 등에는 몇백조에 달하는 자금을 운용하는 투자회사들이 있으나, 그건 투자자들의 자금으로 운용되는 것이지, '제우스'처럼 개인 자산으로 운용되는 경우는 없었다.

그럼에도 이병웅의 생활은 하나도 변하지 않았다.

좋은 집과 좋은 차를 탔고 학생 때보다 괜찮은 옷을 입었지만, 그것이 전부였다.

사람들은 그렇게 말하겠지.

많은 돈을 벌어서 쓰지 않을 거면 무엇하러 돈을 버냐고.

그것도 맞는 말이지만 이병웅의 생각은 달랐다.

지금 그가 돈을 버는 목적은 '밀애'를 얻으면서부터 지니기 시작했던 남자의 야망.

바로 세계 최고의 갑부가 되는 것이다.

그러니 헤프게 돈을 써 대면서 방탕하게 지내는 것보다 그 야망을 이루기 위해 한 발, 한 발 노력해 나가는 것이 훨씬 즐겁고 기뻤다.

더군다나, 지금은 본격적으로 그 야망을 실현시킬 단계였다.

어젯밤 미국에 있는 제시카로부터 받은 최고급 정보, 연준의 양적 완화 계획이 바로 이병웅의 야망을 실현시켜 줄 강력한 도구였다.

양적 완화.

다시 말해 돈을 미친 듯 시중에 뿌린다는 얘기다.

그리되면 주식시장은 폭등장을 연출할 것이고, 미국의 금융시장은 이병웅 같은 투자자에겐 황금의 대지로 변하게 된다.

그런데 왜 펜실베이니아를 가냐고?

그건 바로 꿈을 실현시키기 위함이다.

노래로 사람들을 즐겁게 하는 것처럼, 그것 또한 어렸을 때부터 원했던 꿈 중의 하나였으니 무조건 가 보고 싶었다.


*       *       *


황수인은 영화 홍보 기자회견을 위해 강남의 코엑스몰로 나갔다.

휴가에서 돌아온 정미경과 함께 뷰티 숍에 들러 머리와 화장을 마친 후 협찬받은 원피스에 모피 코트를 걸치자 그녀는 게임의 캐릭터처럼 아름다운 여신으로 변해 있었다.

출연했던 배우들과 함께 대형 영화 포스터를 배경으로 인터뷰를 했다.

인터뷰는 주로 영화에 관한 것이었고, 촬영 중 에피소드들에 관한 이야기들로 진행되었다.

코엑스몰에 몰린 기자들의 숫자는 50여 명에 달했는데, 최대 규모의 제작비가 투입된 '불의 전차'에 대한 관심이 뜨거웠기 때문이었다.

기자들의 질문에 최대한 우아한 웃음을 지으며 대답을 했다.

가장 많은 질문이 그녀에게 쏟아졌기 때문에 잠시도 한눈팔 사이가 없었다.

기자회견은 거의 한 시간 동안이나 진행된 후 배우들의 사진 촬영을 끝으로 끝이 났다.

"수고하셨어요."

동료 배우들과 감독에게 인사를 한 후, 정미경과 함께 차를 타기 위해 로비를 부지런히 걸었다.

빨리 벗어나고 싶었다.

기자회견이 끝나고도 상당수의 기자들이 따라붙었는데, 그들은 벌써 오래전 비행기 안에서 이병웅과 같이 앉았던 사실을 집요하게 물고 늘어졌다.

촬영차 미국으로 가다가 우연히 만났을 뿐 아무런 사이가 아니라고 수없이 변명했지만, 기자들은 결코 그녀의 말을 믿지 않았다.

그런 변명들이 영화감독과 동료 배우, 그리고 함께 비행기를 탔던 승객들에 의해 증명되었지만 많은 기자들은 아직도 그녀와 이병웅의 관계를 의심하며 똑같은 질문을 반복해 왔다.

지하 주차장으로 가는 엘리베이터에 도착했을 때, 로비 반대쪽에서 한 남자가 뛰어오는 게 보였다.

단박에 그 남자의 목적지가 그녀라는 걸 짐작했기에 황수인의 입이 급하게 열렸다.

"아이, 엘리베이터 왜 이렇게 느려. 찬수 씨, 저 사람 좀 막아 줘요. 아무래도 기자 같아."

"알겠습니다."

황수인의 부탁에 그녀를 경호하기 위해 나왔던 기획사 직원이 앞을 걸어 나갔다.

일단 몸으로 막아 황수인이 엘리베이터를 타도록 만들기 위함이었다.

하지만 그녀는 엘리베이터를 타지 못했다.

민수찬에게 진로를 막힌 남자가 급히 입을 열어 그녀가 움직이지 못하도록 만들었기 때문이었다.

"황수인 씨, 저는 이병웅 씨가 보내서 온 사람입니다. 잠시, 시간을 내주십시오."

"기자… 아니세요?"

"저는 이병웅 씨 매니저 정두영이라고 합니다. 병웅 형님이 황수인 씨께 드리라는 것이 있어 왔어요."

"아… 수찬 씨, 잠깐 비켜 봐요."

이병웅 이란 이름이 나오자 막 도착한 엘리베이터를 타려던 황수인의 몸이 돌아섰다.

그런 후 마치 자석에 끌린 것처럼 정두영을 향해 다가왔다.

"병웅 씨가 저한테 뭘 주라고 했죠?"

"이겁니다."

정두영이 넘겨준 건 예쁜 장식이 된 베이지색 사각 봉투였다.

급히 봉투를 열어 내용물을 확인 한 황수인의 손이 가볍게 흔들렸다.

봉투 안에는 이병웅의 서울 공연 콘서트 입장권이 곱게 담겨 있었기 때문이었다.

그리고 그 봉투에 쓰여 있는 글씨.


[수인 씨, 내 노래를 당신과 함께할 수 있었으면 좋겠습니다.]

아…….

그녀가 보낸 문자메시지. 그리고 답장으로 그가 보낸 문자메시지의 무미건조함.

여자가 먼저 문자메시지를 보낸 의미는 어떤 남자라도 충분히 알 수 있었을 텐데 그는 달랑 잘 돌아왔다는 말만 남겼다.

처음엔 답장을 받았다는 사실이 다행스러워 기뻤지만, 그는 그 이후 어떤 연락도 해 오지 않았다.

산산이 깨져 버린 꿈.

결국 그는 자신에게 어떤 호감도 갖지 않았다는 걸 무관심으로 대답했던 것이다.

그로 인해 황수인은 깨끗하게 이병웅에 대한 호감을 지우려고 노력했다.

호감을 지녔으나 호감을 받지 못했으니 이제 깨끗이 잊어버리는 게 옳다고 생각했다.

그런데… 이게 뭐야. 이제 와서 나한테 왜 이러는 거지?

\*             \*             \*

JBC 사장 강윤창은 주간회의를 주관하면서 입술을 연신 씰

룩거렸다.

연예국장 조성민이 보고한 내용은 그가 30년간 방송사에서 근무하며 듣도 보도 못한 일이었기 때문이었다.

"'창공', 얘들이 미쳤구먼."

"방송국을 상대로 입찰을 붙인 건 그만한 자신감이 있기 때문인 것 같습니다. 실황중계권의 최소 비용을 10억으로 제시했습니다."

"허어, 그거참. 그놈들 10억이 누구 애 이름인 줄 아는 모양이지?"

"사장님, 죄송하지만 상황이 심상치 않습니다. 방송국에 대한 여론이 이병웅 때문에 엄청 나빠진 상태입니다. 언론 보도 때문에 사람들은 방송국을 파렴치한으로 몰고 있습니다."

"가수들 출연료 때문에?"

"그렇습니다."

"사실, 그동안 가수들에 대한 차별 대우를 한 게 사실입니다. 그들이 인기를 얻기 위해 방송국에 출연한다는 이유 때문에 말도 안 되는 출연료를 줘 왔었죠. 이병웅이 그런 관행을 받아들이지 않겠다고 선언하자 사람들이 전부 이병웅을 지지하고 있습니다."

"음, 그거 곤란하군. 그렇다고 가수들한테 연기자들처럼 마구잡이로 출연료를 줄 수 없는 거잖아. 그렇게 되면 방송국은 뭐 먹고 산단 말이야?"

"그래서 다른 방송국들도 아직까지 아무런 액션을 취하지 않고 있습니다. 그럼에도 사람들의 여론을 무마하기 위해서는 어느 정도 현실적인 보상을 취해 줘야 한다고 생각합니다. 아무런 조치도 하지 않는다면 문제가 커질 수 있습니다."

"그건 고민해 볼 일이야. 방송사 사장단 모임 때 내가 한번 거론해 보도록 하지. 그래서… 이병웅 콘서트 건은 어쩌면 좋겠나?"

"저는… 입찰에 참여했으면 합니다."

"왜?"

"사장님도 아시겠지만 놈의 콘서트 입장권은 단 5분 만에 매진되었습니다. 콘서트를 보고 싶어 하는 시청자들의 요청이 쇄도하고 있는 상황입니다."

"최소 금액이 10억이라며!"

"광고비를 생각하셔야죠. 만약 우리가 콘서트 중계권을 따낸다면 그 이상의 광고 수수료를 확보할 수 있습니다."

조성민의 답변에 사장의 표정이 일그러졌다.

광고 수입만 따진다면 당연히 이득이다.

이병웅은 방송에 나오지 않고도 한국 최고의 스타로 등극한 놈이었고, 사람들의 관심이 대단했으니 광고를 하겠다고 덤벼드는 놈들은 부지기수일 것이다.

더군다나 황금 시간대, 특별방송이라면 광고 수수료는 최고로 책정할 수 있다.

그럼에도 망설여지는 건 갑질의 제왕인 방송사의 권위가 땅바닥에 추락할 수 있다는 것 때문이었다.

지금까지 방송사는 연예인들에게는 제왕이나 다름없었다.

그걸 이병웅이 부수겠다고 덤비고 있으니 단순하게 광고 수수료 따져서 결정할 문제가 아니었다.

하아, 이것 참.

세상을 오래 살다보니 별일이 다 생긴다.

일개 연예인을 어쩌지 못하고 고민하는 일이 생길 줄 누가 알았단 말인가.


\*          \*          \*


콘서트 당일.

올림픽 체육관은 인산인해를 이루었다.

겨울로 다가서는 길목에서 열린 한국 최고의 스타 이병웅의 콘서트가 열리자 언론에서는 연일 이와 관련된 기사가 도배되었고 팬들은 이날을 손꼽아 기다려 왔다.

올림픽 체육관의 수용 인원은 공식적으로 15,000명이었지만, 팔린 입장권 수는 2만 매에 달했다.

스탠드 좌석은 그대로였지만 플로어에 R석 5천석을 더 깔았기 때문이었다.

그럼에도 올림픽 체육관에 몰려든 사람들은 그보다 훨씬 더 많았다.

이병웅의 콘서트가 준 여파.

사람들은 입장권이 없음에도 5분 만에 전석 매진된 콘서트장을 구경하기 위해 몰려들었는데, 마치 축제의 현장 같았다.

"형님, 물 좀 드세요."

"응, 고마워."

"지금 밖이 난리랍니다. 어마어마한 인파가 몰려들었다는데, 숫자조차 세지 못한다네요."

"조금 긴장되네. 사람들 기대에 부응해야 될 텐데, 실수할까 봐 걱정돼."

"그럴 리가요. 형님이 강심장이란 건 세상이 다 아는데 엄살이 심하세요."

"이 자식아. 너도 저길 나간다고 생각해 봐. 안 떨리겠어?"

이병웅이 물밀듯 콘서트장으로 들어오는 관객들을 가리키며 쓴웃음을 짓자 정두영의 얼굴에서 해맑은 웃음이 피어났다.

마치 적진을 향해 돌진하는 병사들 같았다.

관객들은 자신의 자리를 차지하기 위해 우르르 들어오고

있었는데, 그것 또한 장관이었다.

김윤호가 다가온 건 이병웅이 물을 벌컥벌컥 마신 후 물병을 정두영에게 넘겨줬을 때였다.

"쟤들 봐라. 아주 열심히구먼. 자식들, 그동안 당한 걸 생각하면 속이 다 후련하네. 방송사 돈을 먹을지 누가 알았어."

무대 근처에서 카메라를 세팅한 후 부지런히 움직이는 방송사 관계자들을 바라보며 김윤호가 득의만만한 웃음을 흘렸다.

이번 서울 공연은 결국 JBC에서 단독 중계하는 것으로 결정되었는데, 낙찰 금액은 13억이었다.

"극비리에 진행되었다면서요?"

"응, 꼴에 자존심이 있어서 기밀을 유지해 달라고 신신당부하더라."

"웃긴 사람들이네요. 어차피 공개될 건데 뭘 숨기죠. 나중에 공개되면 덜 창피한가?"

"놔둬. 나름대로 걔들은 지금 억울해서 죽을 지경일 거야. 그나저나 우리 스타님, 컨디션은 어떠서?"

"좋아요."

"오늘 끝내줄 거지?"

"그럼요. 절 보려고 저렇게 많은 사람들이 왔으니 오늘 화끈하게 팬 서비스 할 생각입니다."

"그게 뭔데?"

"미리 가르쳐 주면 재미없죠. 그러니, 기대하시고 지켜보세요."

"야, 넌 맨날 그러더라. 다른 사람은 몰라도 나한테는 아무것도 숨기면 안 돼!"

"하하… 사장님, 영화를 볼 때 내용을 알고 보면 재미없잖아요. 사장님 배려해서 그러는 거니까 화내지 마세요."

"으, 영악한 놈."

김윤호가 인상을 바짝 썼다.

하지만 그의 눈은 표정과 달리 환한 웃음이 담겨 있었다.

세계적인 슈퍼스타로 등극한 이병웅은 그에겐 그 무엇과도 바꿀 수 없는 보물이었고 찬란한 미래였으니 그저 모든 것이 예쁘게 보일 뿐이다.

*          *          *

BWL.

이병웅의 공식 팬클럽 이름이 바로 BWL이다.

BWL의 관리는 '창공'에서 하고 있는데, 회원 수가 많아지자 매달 만 명씩만 가입을 허락해서 인원수를 조절했다.

회원 수는 한국만 120만을 찍었고, 전 세계의 회원 수를 전부 합하면 250만에 달했다.

물론 공식 팬클럽 BWL 외에도 인터넷에는 수많은 팬클럽이 존재하기 때문에 그 숫자를 추정하기 곤란할 지경이다.

한국 BWL의 회장 최정아는 팬클럽에 배정된 입장권 200장을 공개 추첨을 통해 나눠 줬다.

물론 집행부의 것을 뺐는데 그 이유는 오늘 콘서트가 끝나고 그녀와 집행부가 클럽의 행사를 진행해야 되기 때문이었다.

추첨에 당첨한 사람들은 로또를 맞은 것처럼 기뻐했고, 그렇지 못한 사람들은 그들에 대한 부러움을 숨기지 못했다.

'창공'은 팬클럽을 배려해서 특급 자리를 줬기 때문에 눈앞에서 이병웅의 얼굴을 확인할 정도로 무대와 가까웠다.

최정아는 팬클럽 회원들과 함께 자리에 앉아 콘서트가 시작되기를 기다리다가 맨 앞 중간 자리가 비어 있는 걸 보고 고개를 갸우뚱했다.

맨 앞자리는 전부 VVIP석들이다.

이병웅과 직접 관련이 있는 가족들이나 친구들, 그리고 '창공'이 관리하는 특별한 분들이 그 자리의 주인이었다.

이제 곧 공연이 시작될 시간이 되었음에도 무대 한가운데, 정면에 위치한 자리 하나가 비어 있었다.

자신의 자리 또한 최고였으나 그 자리는 그야말로 로얄석

중의 제왕이라 부를 만큼 최고로 좋은 자리였다.

자리가 비어 있는 걸 보며 의문을 가졌던 최정아가 금방 고개를 돌리고 부회장 윤미라를 향해 입을 열었다.

"미라야, 꽃다발은 딱 3개만 주자. 나머지는 아무래도 안 되겠어."

"예, 언니."

"그리고 클럽 사람들이 보내온 선물은 전부 차에 실어 놨지?"

"그럼요. 화물차 2대에 예쁘게 실어 놨어요. '창공' 정 실장님이 그러는데 콘서트 끝나고 회사로 가져갈 거래요."

"응, 잘됐네. 그나저나 우리가 홍보한 게 통했나 봐. 사람들이 전부 브릴렌트를 가지고 왔잖아."

"호호… 우리 팬클럽 위상이 그만큼 크다는 거죠."

윤미라가 뒤를 돌아보며 활짝 웃었다.

사람들이 들고 있는 긴 막대 모양의 발광체가 바로 브릴렌트다.

최정아가 이병웅의 콘서트를 준비하면서 '창공' 쪽에 부탁했더니 브릴렌트를 대량으로 주문해 나누어 줬다.

팬클럽 회원들은 콘서트 입장권 발매가 시작되자 인터넷에 브릴렌트를 올리며 가급적 비슷한 것들로 가져와 달라는 독려 글을 사방에 뿌렸던 것이다.

두 사람의 얼굴은 자부심으로 가득 찼다.

콘서트장을 밝게 비추는 브릴렌트의 물결을 바라보는 그들의 얼굴에 웃음이 가득 찼다.

누군가를 좋아했고 그래서 그가 잘되기를 바라며 콘서트를 준비했다.

그리고 지금.

그녀들의 노력에 의해 콘서트장이 밝은 불빛으로 물결처럼 넘실거리자 기쁨을 숨기지 못했다.

'쿵, 쿵, 쿵…….'

거대한 북소리.

사람의 심장을 울렁거리게 만든 대북 소리가 거대한 콘서트장을 장악했고, 그 순간 대형 스크린에 이병웅의 뮤직비디오가 상영되기 시작했다.

"와아!"

스크린에 이병웅의 모습이 떠오르자 콘서트장을 가득 채우고 있던 팬들의 입에서 거대한 함성이 울려 퍼졌다.

"시작하나 봐. 아휴, 심장이 왜 이러니. 콩닥거려서 미치겠네."

"언니, 나도 그래요."

두 손을 맞잡고 기도하는 자세로 두 여자가 스크린에 시선을 고정시킨 채 침을 꼴깍 삼켰다.

그때, 한 여자가 빠른 걸음으로 복도를 지나 그녀들의 앞으로 다가오는 것이 보였다.

바로 이제까지 덩그렇게 비어 있던 자리를 향해서.

"헉, 언니. 황수인… 황수인이야!"

"정말…이네. 우와… 우와……."

두 여자가 동시에 입을 떡 벌렸다.

은막의 여왕, 황수인.

청바지에 면 티, 그리고 누구나 입을 법한 외투를 걸쳤음에도 그녀가 나타나자 주변 사람들이 전부 입을 떡 벌리며 놀람을 숨기지 못했다.

그녀는 이제 공연을 시작하기 위해 조명이 하나씩 꺼져 주변이 어두웠음에도 마치 한 줄기 빛처럼 광채를 뿜어내며 사람들의 시선을 잡아끌었다.


*　　　*　　　*


이병웅은 북소리가 끝나고 대형 스크린의 화면이 꺼지며 무대 전면에서 화려한 불꽃이 뿜어지는 걸 확인한 후 천천히 무대로 나갔다.

그가 나타나자 다시 한번 우레와 같은 함성이 터졌다.

이곳에 있는 팬들의 성별 분포를 본다면 당연히 압도적으로 여자들이 많았기에 함성 소리는 남자들이 지르는 것과 달리 날카롭게 쭈욱 뻗어 나가는 굉음을 만들어 냈다.

재밌는 것은 연령층이다.

중, 고등학생부터 50대까지 골고루 분포되어 있었는데, 다른 가수들과 확연히 달랐다.

이병웅은 자신을 향해 열광하는 팬들의 함성을 들으며 브릴렌트의 물결을 우뚝 서서 감상했다.

장관이다.

자신을 보기 위해 온 2만 명의 팬들.

화려한 불빛 속에서 팬들의 진심이 고스란히 전해지고 있었다.

"안녕하세요, 이병웅입니다. 이렇게 제 콘서트를 보기 위해 와 주신 팬들 여러분께 진심으로 감사드립니다."

뒤로 물러서서 정중하게 인사를 한 이병웅이 다시 마이크 앞으로 다가섰다.

"누군가는 저를 보고 신비주의자냐고 묻더군요. 워낙, 제가 방송에 출연하지 않고 활동을 하지 않기 때문에 그런 질문을 받은 것 같습니다. 하지만 저는 신비주의자가 아닙니다. 이미 언론을 통해 알려진 것처럼 내년 2월, 저는 미국으로 공부를 하기 위해 떠납니다. 그러다 보니 활동이 뜸했고 여러분께 자주 모습을 보여 드리지 못한 것 같습니다. 저는 이번 서울 공연을 비롯해서 이번 달 2번의 국내 콘서트가 잡혀 있습니다. 최근 일본과 중국에서 콘서트 일정이 잡혀 다음 달에는 도쿄와 상해로 떠나기 때문에 어쩌면 이번이 여러분께 보여 드리는 처음이자 마지막 공연이 될 것 같습니다."

"꺄악… 안 돼요, 안 돼!"

이병웅의 멘트에 팬들의 입에서 비명 소리가 터져 나왔다.

처음이자 마지막 공연.

그리고 공부를 위해 떠난다는 이병웅의 부드러운 목소리에 팬들은 안타까움을 숨기지 못했다.

"여러분께 좋은 모습을 보여 드리고자 저는 최선을 다해 이번 콘서트를 준비했습니다. 부디 즐거운 마음으로 콘서트를 즐겨 주시면 고맙겠습니다. 제일 먼저 보여 드릴 곡은 '청춘'입니다."

\*　　　　\*　　　　\*

황수인은 이병웅의 콘서트를 보면서 연신 탄성을 질렀다.

노래를 잘한다는 건 알았지만 막상 현장에서 강력한 라이브를 직접 듣게 되자 감정의 진폭 자체가 달랐다.

이병웅은 '청춘'을 시작으로 불멸의 명곡으로 알려진 '와인'과 '슬픈 사랑'을 연속으로 불렀다.

그녀만 그런 게 아니다.

콘서트장을 꽉 채운 관객들은 이병웅의 노래가 한 곡씩 끝날 때마다 기립박수를 보낼 만큼 강동에 젖었다.

진짜 대박 콘서트.

연속으로 3곡을 부른 이병웅이 잠시 휴식을 위해 초대 손님으로 호명한 건 다름 아닌 '김범성'이었다.

압도적인 가창력으로 사람들에게 커다란 인기를 누려온 대형 가수가 바로 김범성이다.

그는 단독 콘서트를 열 때마다 엄청난 티켓 파워로 가는 곳마다 매진 사례를 기록할 정도였으니, 그가 나타나자 관객들은 놀라움을 숨기지 못했다.

정말 이병웅의 매력은 어디까지란 말인가.

어느새 푸른색 정장으로 갈아입은 이병웅은 어이없게도 카멜레온처럼 변하며 다음 3곡을 트로트와 재즈, 팝송으로 채웠다.

트로트를 부를 때의 그 간드러짐이란.

저 사람이 이병웅이 맞는지 의심될 정도로 마디마디 꺾어지는 트로트 창법을 들으며 팬들의 입이 감탄으로 벌어졌고, 재즈와 팝송을 부를 때는 눈을 감은 채 그가 보내는 깊은 감성을 몸으로 느꼈다.

3곡이 끝난 후 다시 그의 입에서 호명된 건 국내 최고의 여 가수로 불리는 '박정연'이었다.

점점 어이가 없어졌다.

도대체 '창공'은 이병웅의 콘서트를 위해 어디까지 준비한 거란 말인가.

무대로 나오는 가수들마다 그 이름이 주는 무게감은 압도 그 자체였기 때문에 이병웅의 모습이 무대 뒤로 사라졌음에 도 관객들은 무대에서 눈을 떼지 못했다.

그러나 진짜 대박은 3번째 스테이지였다.

이병웅은 검은색 가죽옷을 입고 무대에 다시 등장했는데, 준비된 스탠드 마이크의 앞으로 나와 이렇게 말했다.

"여러분, 지금부터는 즐길 시간입니다. 오늘 이 순간을 영원 히 잊지 못할 순간으로 만드시길 바랍니다. 전부 일어서세요."

이병웅이 선동하자 사람들이 무슨 일인가 주섬주섬 자리에 서 일어났다.

그런 후 관객들이 전부 일어서자 이병웅의 목소리가 쩌렁하 게 콘서트장에 울려 퍼졌다.

"준비됐습니까!"

"예!"

"그럼 가 봅시다. 레츠 고!"

그의 말이 끝나자 무대의 조명이 팍 꺼졌다가 오색찬란한 레이저가 사방으로 뿌려졌고 강렬한 굉음의 록 사운드가 터져 나왔다.

이걸 뭐라고 설명할 수 있을까.

이번엔 록이다.

강력한 사운드에 겹쳐지는 이병웅의 끝을 모르는 고음.

그리고 사람들의 흥을 돋우는 막강한 퍼포먼스와 춤사위.

이병웅의 몰입과 사람들의 혼을 흔드는 가창력이 겹쳐지며 콘서트장 전체가 록의 광풍에 빠져들었다.

관객들은 너도나도 춤을 추며 열광했는데, 동시에 2만 명이 방방 뛰었기 때문에 사방에서 진동이 느껴질 정도였다.

뜨거운 열기를 넘어선 광풍.

도대체 어떤 콘서트에서 이런 분위기를 느낄 수 있단 말인가.

열기가 극으로 치닫기 시작한 건 이병웅이 입고 있던 가죽옷 상의를 벗어 무대 밖으로 던지고 난 후부터였다.

광고에서 나왔던 완벽한 몸매가 고스란히 관객들의 시선에 잡혔다.

비록 러닝셔츠에 의해 맨몸이 노출된 것은 아니었으나 땀으로 축축하게 젖었기 때문에 그의 상체가 고스란히 대형 스크린을 통해 나타났다.

관중들의 비명 소리.

최고의 남자가 지닌 완벽한 몸매에 대한 감탄.

이병웅은 그 상태에서 떨어지는 땀방울을 무대에 뿌리며 하늘 끝까지 울려 퍼지는 고음으로 마지막 절정부를 관객들에게 선사했다.

후우, 후우.

3곡을 연달아 활화산처럼 뿜어낸 이병웅이 무대 뒤로 사라졌을 때 관객들의 호흡은 이미 거칠어질 대로 거칠어져 있었다.

그의 열기에 전염되어 10분이 넘도록 전력을 다해 뛰었기 때문인지 관객들은 호흡을 진정시키기 위해 애를 써야 했다.

이병웅이 다시 무대로 나온 건 관객들의 열기가 조금씩 가라앉을 때였다.

검은색 정장을 입고 나타난 이병웅은 사람들을 열광시켰던 목소리 대신 차분한 음성으로 마이크를 잡았다.

"여러분, 오늘 즐거우셨나요?"

"예!"

"이제 마지막 곡을 해야 할 시간이 다가왔군요. 저는 이 곡을 통해 여러분께 제 마음을 전하고자 합니다. 잠시의 이별을 슬퍼하지 말아 주세요. 비록 미국으로 떠나도 마음은 항상 여러분 곁에 있을 테니까요. 마지막 불러 드릴 곡은 '헤어진 후'입니다. 여러분, 정말 감사드립니다."

＊　　　　＊　　　　＊

황수인은 자신이 은막의 여왕이란 사실조차 잊은 채 콘서트에 몰입되어 다른 관객들처럼 펄쩍펄쩍 뛰며 춤을 췄다.

너무나 행복하고 즐거웠다.

이런 자유를 언제 맛본 적이 있단 말인가.

체면도 벗어던졌고 다른 사람의 시선도 개의치 않았다.

수많은 콘서트를 본 적이 있었으나, 이런 적은 단연코 처음이었다.

감염.

그래 맞아. 감염 때문이었어.

이병웅이 전해 준 열기가 자신도 모르게 가슴으로 파고들어 다른 사람들의 시선을 의식하지 못하게 만든 게 분명해.

그녀 역시 호흡을 겨우 가다듬고 의자에 앉아 이병웅이 다시 나타나길 기다렸다.

콘서트장은 열기를 잠재우는 잔잔한 음악이 흐르며 이병웅의 사진들이 한 장 한 장 대형스크린을 통해 흘러갔다.

그의 일상을 알려 주는 사진들.

공부하는 장면도 있었고 친구들과 행복한 시간을 보내는 장면도 있었다.

볼이 터지게 먹는 장면에서는 웃음이 나왔고 붉은 석양을 바라보는 모습에서는 아름다움이 느껴졌다.

황수인은 사진을 보면서 자꾸 가슴으로 파고드는 낯선 감정에 어쩔 줄을 몰랐다.

한 장 한 장 넘어가는 사진이 머릿속에 각인되었고 그의 옆에 자신이 서 있는 장면이 상상되어 얼굴이 붉어졌다.

다시 나타난 이병웅이 마지막 인사를 할 때 가슴이 철렁 떨어져 내렸다.

이제 정말 간다는 사실이 피부로 느껴질 만큼 그의 마지막 이야기는 잔잔했음에도 안타까움이 담겨 있었다.

기타의 전주부터 시작된 '헤어진 후.'

연인과의 슬픈 이별을 다룬 노래.

눈을 감았다.

그리고 그가 속삭이는 이별의 슬픔을 온몸으로 느끼며 이를 악물었다.

하지만 그녀의 몸은 자신의 의지와 상관없이 점점 뜨겁게 달아올라 결국 눈물이 쏟아지게 만들었다.

안 돼, 울지 마.

바보야, 도대체 왜 우는 거야!

\*　　　　\*　　　　\*

'창공'의 전 직원은 이번 이병웅의 콘서트에 올인한 상태였다.

기획실은 물론이고, 광고전담팀, 관리팀까지 콘서트를 성공적으로 이끌기 위해 전부 투입된 상태였다.

이병웅이 지닌 위상이 그랬다.

'창공' 수입의 50%를 차지하는 이병웅의 존재는 회사 측면에서 봤을 때 절대적이었다.

김윤호는 콘서트를 준비하면서 연일 전율감을 느꼈다.

단 5분 만에 서울을 비롯한 3곳의 콘서트 입장권이 전부 매진되었고, 일본과 중국 쪽에서도 콘서트 개최가 확정되자 초미의 관심을 끄는 중이었다.

모든 언론이 달려들었으며 이병웅에게 적대적이었던 방송사조차 매일 콘서트에 관한 뉴스를 보도할 정도였다.

그럼에도 김윤호는 콘서트가 시작되기 전까지 불안감을 숨기지 못했다.

대한민국 최대의 R석 규모, 그것도 역대 최고가에 판매된 콘서트.

이병웅의 인기를 등에 업고 단시간 만에 전부 매진되었으나 막상 큰돈을 지불하고 콘서트에 입장한 관객들이 실망을 한다면 엄청난 대미지를 입게 될 수도 있었다.

할 수 있는 건 모두 했다.

관객들을 실망시키지 않기 위해 콘서트 역사상 가장 화려한 조명과 각종 특수 장비를 동원했고 무대 전면과 양쪽 사이드에 대형 스크린을 깔았다.

이번 콘서트가 성공적으로 끝날 수 있길 바랐기에 '창공'의 특급 가수들을 초대 손님으로 등장시키는 등 그가 할 수 있는 건 모두 동원했다.

이제 남은 건 이병웅이 얼마나 해 주냐는 것뿐이었다.

콘서트가 시작되었고, 이병웅의 노래에 관객들이 몰입하는 걸 보며 한숨을 길게 내려뜨렸다.

역시 이병웅이다.

그는 단박에 압도적인 감성으로 관객들을 사로잡아 버렸다.

이병웅이 관객들을 사로잡은 채 노래 부르는 장면을 지켜보면서 남모르게 안도의 한숨을 뿜어냈다.

됐다.

이 정도의 몰입이라면 절대 실패하는 일은 없을 것이다.

김윤호의 눈이 찢어질 듯 커진 건 마지막 스테이지가 시작된 후였다.

콘서트의 총괄 책임을 맡고 있으니 마지막 스테이지가 록으로 채워졌다는 걸 알았지만, 상상하지 못한 일이 벌어지리라고는 꿈에도 생각하지 못했다.

이병웅이 콘서트 시작 전 자신에게 걱정하지 말라며 특별한 선물을 준비했다는 말이 새삼 실감 날 정도.

환상적인 무대.

이병웅도 미쳤고 관객들도 전부 미쳤다.

그의 노래에 맞춰 전부 일어나 방방 뛰는 관객들의 모습이 마치 거대한 파도를 연상시켰다.

이런 장면을 뭐라 설명할 수 있을까.

어떤 가수가 관객들에게 이런 흥분을 선사할 수 있단 말인가.

마지막 '헤어진 후'를 부를 때 관객들이 전부 눈시울을 붉힌 건, 콘서트를 끝내며 관객들에게 선물해 준 덤이다.

일본의 최대 공연 기획사 '엔카'의 사장 기무라의 얼굴이 저절로 떠올랐다.

그놈은 이병웅의 콘서트를 일본에서 개최하는 협의를 할 때 공연 수익의 배분과 입장권 가격을 책정하면서 이런 말을 지껄였다.

"이병웅 씨는 발라드 가수이기 때문에 공연장의 규모를 크게 할 수 없습니다. 아무리 인기가 있어도 발라드 가수는 한계가 있으니까요. 이병웅 씨의 인기를 감안해서 공연을 추진하지만 '창공' 쪽에서 주장하는 것처럼 대규모의 공연 기획은 무리가 있습니다."

씨발.

뭐라고 반박할 말이 없었다.

어쩌면 당연한 일이다. 발라드 가수는 가창력으로 승부를 보는 경우가 많았기에 대규모의 공연은 무리가 따른다.

실력 좋은 발라드 가수들이 소규모 공연을 하는 것도 그 때문이지 않은가.

그럼에도 김윤호는 우겼다.

만약, 입장권이 매진되지 않는다면 손해 비용의 절반을 자신이 부담하겠다며 '창공'의 주장을 끝내 관철시켰다.

크크… 기무라 봐라.

이게 네가 걱정하던 이병웅의 실력이다.

넌, 그 주둥이를 꿰매고 싶어질 정도로 후회하게 될 거야.

다음부터는 너 같은 놈과 일하지 않을 테니까.

\*　　　　\*　　　　\*

쇼핑을 마치고 들어오는 김에 치맥까지 준비한 김미숙과 신희연은 떡하니 거실에 자리를 잡고 텔레비전을 켰다.

거의 매주 주말이 되면 치맥을 시켜먹으면서 이토록 늘씬한 몸매를 유지하는 건 그녀들이 평상시 얼마나 열심히 몸매 관리를 하는지 증명해 준다.

대기업의 엘리트.

명문대학교를 나왔고 당당히 실력으로 대기업에 취직한 그녀들은 5년이 지난 지금 회사에서 실력을 인정받는 중견 사원으로 성장했다.

엘리트들은 텔레비전을 거의 보지 않는다.

자기 계발을 위해 일분일초를 아끼며 시간을 보내는 그들은 텔레비전의 드라마나 예능 프로그램을 보는 게 시간 낭비라 생각하기 때문이다.

그녀들도 그랬다.

이병웅이 나타나기 전까지 그녀들은 퇴근하기 전 반드시 피트니스클럽에 들러 운동을 했고, 집으로 돌아오면 인터넷으로 업무에 필요한 자료를 찾아보거나 독서로 시간을 보냈다.

"다행이야. 딱 맞춰 왔어. 치맥 사느라 시간이 늦어 걱정했는데, 아직 시작 안 했네."

"뭐가 딱 맞아. 이제 광고가 시작되는데. 20개 정도는 할 테니까 치맥 먹으면서 느긋하게 기다리면 돼."

"까불고 있어. 빨리 가자고 난리 칠 때는 언제고, 이제 와서 여유를 부리니?"

"호호… 바빠도 안 바쁜 척. 좋아해도 안 좋아하는 척. 이게 여자의 특성이지."

"하여간, 여우가 따로 없어."

신희연의 말대로 광고는 끝이 없었다.

숫자를 세다가 포기할 정도로 광고의 숫자는 많았는데, 그럼에도 두 여자는 치맥을 먹으며 열심히 화면을 쳐다봤다.

절반 정도가 이병웅이 출연한 광고였기 때문이었다.

"정말 아까워. 그렇게 서둘렀는데 입장권을 사지 못하다니. 5분 만에 매진된다는 게 말이 돼?"

"우리가 너무 여유를 부린 거야. 인터넷에 보니까 어떤 애들은 사돈의 팔촌까지 동원했더라. 컴퓨터도 여러 개 확보해서 동시에 클릭했다잖아."

"쳇, 유학 가서 이번이 마지막 공연이라는데 아까워 죽겠어. 정말 보고 싶었는데."

"그래도 얼마나 다행이니. 콘서트를 실황 중계 해 주지 않았으면 어쩔 뻔했어."

"이병웅이 스타는 스타야. 방송사에서 실황 중계까지 해 주는 건 처음 본다."

"당연하지, 우리 오빠가 어떤 사람인데."

"야, 소름 끼쳐. 우리보다 한 살이나 어린데 왜 자꾸 오빠라 불러. 너 미친 거야?"

"내가 사랑하는 사람은 전부 오빠야."

"헐!"

지겹도록 계속되던 광고가 끝난 후 거짓말처럼 공연장의 모습이 화면에 잡혔다.

진짜, 압권이다.

올림픽 체육관을 전부 덮고 있는 화려한 불빛의 물결은 카메라가 전부 잡지 못할 정도로 어마어마했다.

"씨이… 현장에서 봤으면 죽음이었겠네. 쟤들은 얼마나 좋을까?"

"우와, 대형 스크린 봐라. 저거… 저거 무대 전체가 화면이야."

"오빠, 나온다!"

사람들이 콘서트를 직접 보러 가는 건 현장감 때문이다.

열기를 고스란히 느낄 수 있고 가수를 사랑하는 사람들과 동질감을 함께하며 즐길 수 있다는 게 콘서트를 찾는 이유다.

반면에 단점도 있다.

사람들의 소음으로 노래에 집중하지 못한다는 것. 특히 이번처럼 거대한 규모의 콘서트는 가수의 얼굴을 확인하기 어렵다.

이번 콘서트를 방송사 측도 꽤나 공을 들인 것 같았다.

대충 봐도 10여 대가 동원된 것 같은데, 무대 쪽에는 이동식 카메라까지 설치되어 있었다.

"역시 병웅 오빠, 정말 노래 끝내주네."

"자꾸 오빠라고 하지 마. 네가 그러니까 나도 모르게 오빠

소리가 나오잖아."

"호호… 너도 오빠라고 불러. 좋아하는 사람은 오빠라고 불러도 돼."

"하아, 얘가 자꾸 고민되게 만드네."

노래가 주는 감동.

특히 좋아하는 사람이 부르는 노래는 달콤한 솜사탕처럼 사람의 마음을 적신다.

두 여자는 이병웅의 노래가 거듭될수록 온 정신을 뺏기며 화면에 집중했다.

트로트를 부를 때는 따라 부르며 낄낄거렸고, 재즈와 팝송을 부를 땐 눈을 감은 채 감상을 했다.

그러다가, 마지막 스테이지가 시작된 순간 모든 동작을 멈추었다.

화면에서는 2만 명의 관객들이 전부 일어나 춤을 췄고 가죽 재킷을 입은 이병웅이 무대를 휘저었으나 그녀들은 입을 떡 벌린 채 아무 말도 하지 못했다.

충격적인 장면에 온통 정신이 가출했기 때문이었다.

"희연아, 일본 공연 언제라고 했어?"

"다음 달. 너 나하고 같은 생각을 했구나. 그렇지?"

"난 무조건 갈 거야. 지금까지는 콘서트 못 간 게 아쉬웠어도 그냥 참았는데, 이젠 안 되겠어."

"일본 애들도 병웅 오빠 콘서트를 엄청 기다린대. 잘못하면 표를 못 구할 수 있어."

"우리도 사돈의 팔촌까지 전부 동원하고 할 수 있는 건 다 하자. 이런 말도 있잖아. 죽어라 노력하라, 그러면 얻을 것이다."

"우씨… 좋아. 이번에 반드시 병웅 오빠 콘서트에 가고 말 테야."

"아무도 우릴 말릴 수 없다. 파이팅!"

"파이팅!"

\*　　　　　\*　　　　　\*

공연을 끝내고 돌아온 이병웅을 향해 김윤호가 달려들었다.

그런 후 깊은 포옹을 하면서 소리를 고래고래 질렀다.

"병웅아, 잘했다. 정말 대단했어."

"하하… 괜찮았나요?"

"이게 괜찮은 정도냐. 난 소름이 끼쳐 죽을 뻔했다."

"그렇다면 다행이네요."

"정말 끝내줬어."

김윤호가 흥분을 감추지 못하고 방방 뜰 때, 창공의 직원들이 공연을 끝낸 이병웅에게 박수를 보내 주었다.

그들이 봤을 때도 정말 대단한 공연이었기 때문이었다.

정설아와 친구들이 문을 열고 들어온 것은 이병웅이 무대 의상을 벗으며 땀을 식히고 있을 때였다.

얼마나 공연장의 열기가 뜨거웠던지 아직도 땀은 멈추지 않았다.

"수고했어, 병웅 씨. 정말 멋진 공연이었어."

"휴우, 병웅아. 넌 최고다. 비록 내 친구지만 존경스럽다."

두서없는 대화들이 이어졌다.

친한 사람들의 대화는 언제나 이렇다.

격식도 없고 농담이 이어지며 웃음꽃이 멈추지 않았다.

문이 살며시 열리며 여자가 들어온 것은 홍철욱이 땀에 젖은 이병웅의 목덜미를 수건으로 닦아줄 때였다.

여자가 들어온 순간, 모든 사람들의 움직임이 멈췄다.

그녀의 정체가 은막의 여왕 황수인이었기 때문이었다.

황수인은 멈칫거리는 모습으로 문을 열고 들어온 후 천천히 걸어 이병웅에게 다가왔다.

손에 들린 꽃다발도 그녀가 들고 있자 아무런 빛을 발하지 못했다.

그만큼 그녀의 미모는 온 방을 환하게 비출 만큼 압도적으로 아름다웠다.

"수고하셨어요."

"고맙습니다."

"초대해 주셔서 감사해요. 공연 정말 잘 봤어요."

"어려운 걸음 해 주셨는데 제가 고맙죠. 수인 씨같은 특급 스타가 자리를 해 주셔서 공연이 더욱 빛나게 된걸요."

"여전히, 청산유수. 병웅 씨는 정말… 여기 꽃다발 받으세요."

"예쁜 꽃이네요. 이건 화병에 넣어서 오랫동안 간직할게요."

"하아……."

부드러운 미소를 지으며 이병웅이 꽃향기를 맡는 걸 보며 황수인이 작은 한숨을 내쉬었다.

이 남자의 본심은 무얼까?

"같이 저녁 먹어요. 오늘 우리 사장님이 소고기 사 준다고 했거든요."

"야, 내가 언제!"

"그럼 고생했는데 밥 안 사 주려고 했어요?"

"끄응."

"아참, 인사들 하세요. 여긴 정설아 씨, 그리고 여긴 제 친구인 홍철욱과 문현수. 애들은 오늘 공연 때문에 미국하고 중국에서 어제 도착했어요. 정성이 갸륵한 놈들이죠."

"안녕하세요."

이병웅의 소개에 홍철욱과 문현수가 함박웃음을 지으며 춘향전에 나오는 방자처럼 고개를 조아렸다.

놈들은 황수인을 이렇게 가까운 곳에서 본 것이 얼마나 좋은지 왕비님을 알현한 내시들처럼 황송한 표정을 짓고 있었다.

하지만 정설아는 달랐다.

그녀는 미소만 지은 채 가볍게 고개만 숙여 황수인의 인사를 받았는데 표정이 살짝 굳어져 있었다.

그럼에도 그녀는 금방 표정을 활짝 펴고 입을 열었다.

"그래요, 우리와 같이 저녁 먹으러 가요. 여기 이 친구들 얼굴 보이죠? 수인 씨와 같이 저녁 먹고 싶어 어쩔 줄 모르잖아요."

"누나… 우리가 언제… 크흠, 우리 마음을 정확하게 읽다니 역시 무서운 누나야."

홍철욱이 너스레를 떨었기 때문에 방안이 금방 웃음으로 가득 찼다.

일행이 하나가 되어 급하게 예약된 식당으로 움직일 때 뒤쪽에서 걸어오던 정설아의 표정이 아무도 모르게 다시 가라앉았다.

다정하게 걸어가는 이병웅과 황수인의 모습.

너무나 잘 어울리는 그들의 모습을 보면서 가슴 한쪽이 아려 왔다.

이병웅이 그의 남자라고 생각한 적은 한 번도 없었다.

비록 깊은 관계를 유지하고 있었지만, 언젠가는 떠날 남자라는 걸 안다.

그는 자유로운 남자였고 세상의 모든 여자가 좋아하는 슈퍼스타였으니 혼자 독차지한다는 건 욕심에 불과했다.

그럼에도 그가 다른 여자와 함께 있는 모습을 보자 가슴이 아파 왔다.

어쩌면 자신이 '제우스'에 온 것은 수많은 가능성을 확인했기 때문이다.

이전 증권사에서 받은 연봉보다 무려 5배를 받고 있으니 자신의 선택은 탁월했고 앞으로의 성장 가능성도 무궁무진했다.

그러나 가장 큰 이유는 역시 이병웅이었다.

그를 좋아하지 않았다면 그녀는 영예로운 명성을 뒤로하고 불확실한 '제우스'에 오지 않았을 것이다.

이병웅이 뒤로 처져 있는 그녀에게 다가온 건 황수인과 친구들이 먼저 정두영이 몰고 온 차를 탔을 때였다.

"누나, 얼굴 표정이 조금 어둡네. 수인 씨 때문에 그래?"

"아냐."

"누나한테 이야기한 것처럼 난 자유롭게 사는 걸 원해. 하지만 인간으로서 갖춰야 할 예의는 반드시 지켜. 만약 수인 씨와 내가 특별한 관계였다면 누나가 있는 여기까지 오지 못하게 만들었을 거야. 누나는 내가 예의를 지켜야 할 여자고, 소중한 사람이니까 절대 그런 짓은 하지 않아. 내 말 무슨 뜻인지 알지?"

"응."

정설아의 어두웠던 표정이 눈 녹듯 살며시 풀어졌다.

지금 이병웅이 전하는 게 무슨 말인지 안다.

자신에게 예의를 지키고 싶다는 말. 그것으로 충분하기에 불편했던 마음이 순식간에 사라져갔다.

이병웅도 그렇듯 자신 역시 구속받으며 사는 여자가 아니다.

서로에게 예의를 지킬 수 있다면 그것만으로 상처받지 않을 자신이 있다.

대한민국은 이병웅의 콘서트로 인해 난리가 났다.

워낙 강력한 퍼포먼스를 보여 줬기 때문에 절대 다수의 사람들이 콘서트의 열기를 직접 보지 못한 걸 아쉬워했다.

JBC의 특별 생방송은 대박을 터뜨렸고 한국은 물론 외신 기자들의 취재 전쟁까지 벌어질 정도로 엄청난 화제를 뿌렸다.

이병웅이 콘서트에서 부른 노래들은 순식간에 각종 음

원 차트를 장악했는데, 1위부터 10위까지가 전부 그의 것이
었다.

*　　　　*　　　　*

　JBC 연예국장 조성민은 싱글벙글한 표정으로 사장실에서
내려왔다.

　이번 실황중계를 독점으로 방송하면서 JBC가 얻은 성과는
이루 말할 수 없을 정도로 컸다.

　시청률이 무려 38%를 찍었다.

　더군다나 금액 면에서도 투자 금액의 3배를 건졌고, 가수
들을 홀대한다는 사람들의 비난에서도 일정 부분 벗어나는
계기를 마련했다.

　"국장님, 일본이 지금 난리가 났답니다. 그쪽 특파원으로 나
가 있는 김 기자한테 방금 전화가 왔는데 콘서트 입장권이 3
분 만에 동이 났다네요."

　"그놈들은 한국의 스타라면 색안경을 쓰고 보는데 정말 대
단하군. 이병웅은 이제 완전히 한국을 벗어난 것 같아."

　"그것뿐만이 아니에요. '헤어진 후' 영어 판이 이번 주 1위에
등극할 게 확실하답니다. '청춘'도 무섭게 치고 올라가는 중이
고요."

"휴우, 우리가 생방송을 안 했으면 어쩔 뻔했어. 생각만 해도 끔찍해."

"그나저나 일본은 어쩌실 생각이십니까?"

조성민이 한숨을 길게 뱉어 내자 총괄 PD 서명길이 물었다.

저번 회의에서 일본 콘서트에 대한 특별 취재가 논의되었다가 결정 나지 않았던 것이다.

"사장님께 보고했더니 무조건 가란다. 이병웅이 일본에 있는 3일 동안 밀착 취재 하란 지시야."

"옳은 판단입니다. 다른 방송사들도 이미 팀을 꾸린다는 정보가 들어왔습니다."

"서 PD가 선별해서 준비해. 경비는 걱정하지 말고."

"알겠습니다."

"이번에도 생방송이다. 그러니까 거기에 맞춰서 철저하게 준비해야 돼."

"고생 좀 해야죠."

콘서트를 생방송하란 뜻이 아니다.

이병웅이 출국하는 장면부터 일본에 들어가는 장면, 콘서트와 관련된 일본의 반응들을 실시간으로 중계하란 거다.

그렇기 때문에 서명길이 긴장한 표정을 지었다.

누가 갈지 모르지만 이번 파견팀은 3일 동안 생고생을 해야 된다.

"지금은 이병웅이 대세야. 경제가 안 좋은 게 이병웅 때문에 전부 희석되고 있단 말이지. 어떤 면에서 본다면 이병웅은 이번 정권의 최대 복덩이다. 국민들 관심이 전부 그쪽에 쏠려 있으니 이런 횡재가 어디 있겠냐."

"그렇죠. 이병웅이 없었다면 아마 정권의 지지율이 10%는 떨어졌을 겁니다."

"위쪽에서 생중계를 결정한 것도 그런 이유가 있기 때문이야. 그러니 신경 바짝 써."

"알겠습니다."

*　　　*　　　*

일주일에 한 번씩. 서울, 부산, 대구의 콘서트를 모두 마치고 돌아온 이병웅은 오랜만에 집에서 편안한 휴식을 취했다.

몸은 전혀 지치지 않았지만 정신적인 피로감이 대단했다.

수만 관객들 앞에서 공연을 한다는 건 즐거움도 컸지만 그만큼 부담도 컸다.

3일을 정두영과 함께 지내며 휴식을 취하는 동안 콘서트 때문에 보지 못했던 자료들을 꼼꼼히 살폈다.

정설아와 홍철욱은 미국에서 들어온 정보들을 매일 메일로 보내왔는데 연준이 양적 완화를 통해 지원한 내역과 경제 상황, 부동산 하락률, 기업의 파산 등이었다.

이제 '제우스'가 보유했던 인버스는 90%를 처분한 상태였다.

확보된 자금은 정확하게 2조 원이었다.

불과 한 달 사이에 수익률은 더 올라 2,000억이 증가되었지만, 현재도 남은 금액에서 수익이 발생하는 중이었다.

미국 주식시장은 여전히 개판 오 분 전.

연준에서 양적 완화를 통해 은행과 기업을 살리느라 정신이 없었지만, 시장은 아직도 금융 위기의 충격에서 벗어나지 못한 채 하락을 지속하고 있었다.

자료를 꼼꼼히 살피던 이병웅이 눈을 지그시 오므린 건 월스트리트 저널에서 나온 한 가지 뉴스를 확인한 후였다.

바로 파산 위기에 처했던 은행들이 연준의 지원으로 정상 영업에 돌입했다는 뉴스였다.

         *              *              *

"병웅 씨, 어서 와."

"누나, 다 처분했어?"

"전화 받고 바로."

"정확하게 얼마나 돼?"

"우리나라 돈으로 2조 1,723억. 수익률 340%. 휴우, 기적을 만들어 냈어. 우리가."

"고생했다, 누나."

"나야 시키는 대로 했을 뿐인데 무슨 고생. 병웅 씨가 다 한 거잖아."

"무슨 소리. 누나니까 할 수 있었던 거야."

"좋아, 그 칭찬 받아들일게."

"내가 부탁한 건?"

"그건 시간이 걸린대. 철욱 씨한테 최대한 빨리 준비하라고 했으니까 조만간 넘어올 거야. 그런데 그게 왜 필요해?"

"괜찮은 놈들을 살 생각이야."

"미국 기업을?"

"응."

"부도난 기업을 왜 사. 부도났다는 건 문제가 있다는 뜻이 잖아."

"금융 위기에서 문제가 없는 놈들이 어디 있겠어. 누나는 기업이 제 돈 가지고 운영하는 게 얼마나 된다고 생각해? 은행 놈들은 지들이 살기 위해 무차별적으로 융자를 걷어 들였어. 그랬기 때문에 성장성이 무궁무진한 기업들의 시체가 널려 있는 상태야. 그러니까 우린 이번 기회를 잡아야 해."

"알짜 기업들은 연준에서 금융 지원을 통해 살리고 있어. 연준이 건드리지 않는다는 건 떨거지들이란 뜻이야."

"그렇지 않아. 지금 연준은 자동차를 비롯해서 전통적 대형 제조 업체들을 살리느라 정신이 없어. 미래 성장 동력을 가지고 있는 벤처기업들까지 신경 쓸 새가 없을 뿐이야."

"음… 그렇다 쳐. 그럼 병웅 씨는 어떤 회사를 살 건데?"

"4차 산업 관련 기업들. IT를 기반으로 위치 기반 서비스나 인공지능, 빅 데이터 관련 기업들을 살 생각이야. 그러니까, 철욱이한테 그쪽 기업들을 중점적으로 알아보라고 그래."

"결국 미래를 사겠다는 뜻이네."

"그게 우리가 갈 길이니까. 뉴욕 지부에 10억 달러를 일단 보내 놔. 아무래도 곧 연준에서 움직일 것 같아."

"움직이다니. 본격 국채 매입을 말하는 거야?"

"응. 연준이 장기채를 매수한단 소리가 들리면 시장은 미친 듯 상승하기 시작할 거야. 그러니 우리는 먼저 선점을 해 놔야 해."

"그런 정보가 들어왔어?"

"응, 미국에 있는 정보원한테서 오늘."

이병웅이 태연하게 대답하자 정설아의 얼굴이 일그러졌다.

저번에도 그러더니 이번에도 비슷한 대답이 돌아왔다.

미국의 정보원.

도대체 그가 누구기에 연준과 관련된 중요한 정보들이 이토록 빠르게 들어온단 말인가.

"이제 말해 봐. 미국 정보원이 누구야?"

"저번에 미국 갔을 때 연준 핵심부에 사람을 심어 놨어. 정보를 알려 주는 조건으로 10만 달러를 썼지."

거짓말을 했다.

그녀에게 제시카에 관한 이야기를 한다면 귀신같은 눈치로 금방 상황을 알아챌 염려가 있었다.

"병웅 씨, 우리 너무 일을 크게 벌이는 건 아냐? 연준이 그렇게 움직인다면 우린 막대한 자금으로 엄청난 수익률을 올릴 수 있어. 그런데 굳이 기업들을 인수할 필요 있을까? 지금도 우리가 차린 회사들한테 꽤 많은 돈이 들어가고 있잖아. 이런 상황에서 부실한 미국 기업까지 인수하면 상당 금액을 소진하게 돼."

"알아, 하지만 이런 기회는 자주 오지 않아. 어쩌면 우리는 이번에 기업들을 인수하면서 금융 투자로 벌어들이는 것보다 훨씬 커다란 수익을 올릴 수 있어. 미래 기업들의 성장 가치는 돈으로 환산할 수 없을 만큼 엄청나거든."

"휴우, 그 고집을 누가 말려."

"중국에 있는 현수한테도 3억 달러를 보내 줘. 거기도 준비해야 돼."

"정말 중국이 괜찮을까?"

"중국은 세계경제의 심장이자 엔진 역할을 맡고 있는 나라야. 두고 봐. 중국 금융시장은 무섭게 성장할 테니까."

"알았어."

"경아 씨는 어디 갔나?"

"외근, '이지스'에서 지출되고 있는 자금 현황을 조사하라고 지시해 놨어. 그냥 두면 안 되거든. 수시로 본사에서 챙기는 모습을 보여야 긴장을 해."

'이지스'는 신발과 세차가 필요 없는 코팅액, 건강 담배를 위해 설립한 회사들을 관리하는 '제우스'의 자회사였다.

이지스에는 11명의 인원이 근무하고 있었는데, 연구 진행 과정을 수시로 체크하고 필요한 인력과 장비를 지원해 주는 역할을 맡았다.

"꼼꼼한 우리 누나가 오죽할까. 그런데 사무실 직원들이 또 늘었네?"

"응, 3명을 더 충원했어. 할 일이 많아져서 기존 인력으로는 어려웠어."

"잘했어."

"병웅 씨, 오늘 저녁 먹을래?"

"어디서?"

"어디긴 어디야. 우리 집이지. 나 같이 예쁜 여자와 함께 병

웅 씨가 식당에 가 봐라. 내일 아침에 대문짝만하게 뉴스가
나올걸?"

"그 이유가 다야?"

"잘 알면서, 꼭 내 입으로 말하게 만들고 싶어?"

"하하… 누난, 이럴 때가 제일 예뻐. 꼭 얼굴 붉어지는 게
소녀 같거든."

*       *       *

이병웅이 콘서트를 위해 일본으로 출국하는 날, 공항은 사
람들로 인해 인산인해를 이루었다.

한번이라도 이병웅을 보고 싶어 하는 팬들이 공항으로 몰
려들었기 때문이었다.

여전히 이병웅은 당당하게 공항에 도착해서 팬들의 성원을
받아들였다.

다른 스타들처럼 팬들을 벌레 대하듯 외면하며 도망가는
모습은 절대 보여 주지 않는다는 게 그의 신념이었다.

김윤호 사장에겐 그런 이병웅의 행동이 죽을 맛이었다.

소리 소문 없이 VIP 전용 게이트를 이용하면 수십 명에 달
하는 경호원을 동원하지 않아도 될 텐데, 이병웅은 언제나 이
런 행동을 했기 때문에 매번 골치가 아팠다.

일본은 한국과 가장 가까운 나라다.

도쿄 공항까지 가는 데 불과 1시간밖에 걸리지 않았으니 한국 팬들이 일본 콘서트 발매하는 날 수십만 명이 동시 접속 했다는 게 이해가 간다.

"아, 일본 애들이 경호원을 제대로 배치했는지 모르겠네. 거기도 지금 아수라장이라는데."

"많이 나왔답니까?"

"천 명이 넘는단다. 계속 몰려드는 중이고. 그래서 일본 경찰이 비상근무 중이래."

"고맙네요."

"고맙긴 뭐가 고마워. 콘서트장에서 보면 될 걸 굳이 공항까지 나오는 건 뭐냐고."

"정말 그렇게 생각하세요?"

"말이 그렇다는 거지. 따지기는."

이병웅의 반문에 김윤호가 입맛을 다시며 창가로 고개를 획 돌렸다.

왜 싫겠어.

사람들에겐 한두 명씩 좋아하는 가수들이 있다. 인간의 역사와 함께 진행되어 온 노래는 어쩌면 인간의 본능이다.

노래를 못 부르는 음치조차 흥얼거리는 이유가 그런 것 아니겠나.

스타라는 건 좋아하는 사람들의 숫자와 그 감정의 진폭이 어느 정도냐에 따라 결정되어진다.

그런 면에서 봤을 때 이병웅은 진짜 스타다.

이미 한국을 넘어 아시아와 미국, 유럽에서까지 맹위를 떨치고 있으니 슈퍼스타란 명칭이 오히려 부족하다.

그럼에도 김윤호의 표정이 수시로 굳어지는 건 이병웅의 안전이 위협받을지 모른다는 두려움 때문이었다.

사람들이 구름처럼 모이는 곳에서는 어떤 일이 벌어질지 아무도 모른다.

그럴 경우는 희박하겠지만 누군가 작정을 하고 해를 끼치려 든다거나 몰려든 사람들로 인해 사고가 벌어질 수도 있으니, 모든 책임을 진 그로서는 여간 걱정되는 게 아니었다.

"병웅아, 일본에서는 사람들한테 사인해 주지 마. 사진도 찍지 말고. 알겠어?"

"왜요?"

"거긴 우리나라와 달라. 그래서 불안해. 그러니까 경호원들 따라서 그냥 이동해야 돼."

"도망치듯이?"

"누가 그래래!"

"알았어요. 그냥 손만 흔들며 지나갈게요. 그러면 되죠?"

"제발 그래 주세요. 나 좀 편하게 삽시다."

　　　　　*　　　　　　*　　　　　　*

　김윤호의 걱정은 공항에 도착해서 게이트를 빠져나오는 순간, 절대 과한 게 아니라는 게 드러났다.

　공항 전체가 팬들로 인해 점령당했고, 생중계를 하기 위해 나온 방송사팀, 언론 기자들, 심지어 경찰까지 난장판이 따로 없었다.

　각양각색의 피켓을 든 사람들은 이병웅이 나타나자 동시에 비명을 질렀는데, 공항이 떠나갈 정도였다.

　이병웅은 경호원들에게 둘러싸여 그런 사람들을 향해 여유 있게 손을 흔들어 주었다.

　날 좋아한다는 건 고마운 일이다.

　지금 이곳이 도쿄 공항이고 비명을 지르는 사람들이 일본인들이라 해도 그건 마찬가지다.

　그랬기에 이병웅은 경호원에 둘러싸여 로비를 빠져나오다 잠시 멈춰 서서 환호를 지르는 사람들을 향해 손을 들어 보였다.

　"여러분, 저를 기다려 주셔서 정말 고맙습니다. 여러분의 사랑, 좋은 노래로서 보답해 드리겠습니다. 감사합니다!"

　　　　*　　　　　*　　　　　*

　NHK의 보도 기자 이시하라는 방송 센터와의 연결을 기다리며 침을 꼴깍 삼켰다.

　그의 뒤쪽으로는 수많은 사람들이 이병웅의 콘서트에 입장하기 위해 줄을 서 있었는데, 얼마나 길었는지 끝을 헤아리기 어려웠다.

　오늘 그가 나온 것은 윗선의 지시로 최근 신드롬을 일으키고 있는 한국의 슈퍼스타 이병웅의 콘서트를 취재하기 위함이었다.

　이병웅.

　한국이 낳은 최고 가수였으며, 어제 발표된 빌보드 차트에서 동양인 최초로 1위를 차지한 슈퍼스타다.

　단순히 그 정도였다면 NHK의 윗선이 메인 뉴스 타임에 특별 취재를 지시했을까.

　어이없게도 그의 인기는 일본 전역을 휩쓸고 있는 중이었다.

　여자라면 남녀노소 상관없이 그에 대해 미쳐 있었다.

　이병웅의 노래는 물론이고 뮤직비디오, 심지어 한국에서 찍은 광고까지 돈을 지불하고 소장하는 사람들이 셀 수 없이 많았다.

그런 상황에서 열린 도쿄 콘서트는 불과 3분 만에 2만 5천 석이 매진되는 기록을 달성했는데, 일본 콘서트 역사상 처음 있는 일이었다.

얼마나 웃긴 일이란 말인가.

일본인들에게 있어 한국은 언제나 3등 국가였다.

당연한 일.

과거 식민지였던 한국의 존재를 일본인들은 언제나 우월 의식을 가진 채 대해 왔으니 혐한 사상이 밑바닥 깊은 곳에 짙게 깔려져 있었다.

과거 한국 드라마가 열풍을 타고 넘어온 적이 있으나, 그건 일각의 골 빠진 여자들의 한류에 불과했고 잠깐 사이에 시들어 버렸다.

하지만 지금 이병웅의 열풍은 완전히 그 궤를 달리하고 있었다.

벌써 열풍이 시작된 지 1년.

그럼에도 열풍은 가라앉기는커녕 점점 커져서 지금은 광풍으로 변한 상태였다.

\*     \*     \*

"현장에 나가 있는 이시하라 기자. 지금 콘서트장 상태는 어떻습니까?"

카메라가 돌아가고 이어폰을 통해 스튜디오 메인 앵커의 질문이 들어오자 이시하라의 입이 급하게 열렸다.

이원 생방송이었기 때문에 자연스레 긴장감이 몰려들어 그의 얼굴은 살짝 굳어진 상태였다.

"예, 지금 뒤편으로는 콘서트를 관람하기 위한 줄이 길게 늘어서 있는 게 보일실 겁니다. 오늘 도쿄 실내체육관 근처는 이병웅 씨를 보기 위한 사람들로 인산인해를 이루고 있는데요. 이미 보도된 것처럼 2만 5천석의 입장권이 3분 만에 매진된 상태입니다."

"이제 공연이 1시간 정도 남았죠?"

"그렇습니다. 하지만 관객들은 이미 6시간 전부터 줄을 서기 시작했습니다. 무대 근처의 스탠드석 입장 기준이 선착순이기 때문에 열혈 팬들이 추위를 무릅쓰고 오랜 시간을 기다렸습니다."

"대단하군요. 오늘 기온이 영하 3도까지 내려갔는데 6시간을 기다렸단 말입니까?"

"그만큼, 이병웅 씨를 보고 싶어 하는 팬들의 마음이 간절하단 뜻이겠죠. 그럼 콘서트를 관람하기 위해 온 관객들을 만나 보겠습니다."

이시하라가 미리 인터뷰를 허락한 팬에게 다가가 질문을

했다.

방송이라는 게 그렇지.

미리 짜고 치지 않으면 펑크가 날 수도 있으니 미리 각본을 짜 놓고 인터뷰를 한다.

인터뷰에 응한 팬은 20대 초반의 여성이었는데, 2명의 친구들과 같이 콘서트를 보러 왔다.

"날씨가 추운데 오래 기다렸나요?"

"아니에요, 우린 스탠드석이 아니라 1시간 전에 왔어요."

"그렇군요. 이병웅 씨를 좋아해서 콘서트에 왔을 텐데, 왜 좋은지 물어봐도 될까요?"

"잘생겼어요, 그리고 그 눈빛이 너무나 멋있어요."

"노래도 최고예요. 일본 가수들은 흉내 내지 못할 정도로 환상적이에요."

중구난방으로 떠드는 관객들과 짧은 인터뷰를 마친 이시하라의 표정이 조금 더 굳어졌다.

예상에도 없던 말을 관객들이 떠들었기 때문이었다.

그 후로 이시하라는 몇 명의 관객들과 더 인터뷰를 했지만 결론은 똑같았다.

이번 콘서트 입장권을 살 수 있었다는 게 기적처럼 기뻤고, 오늘이 자신들 인생에서 가장 기억 남는 날이 될 거란 게 주 내용이었다.

*         *         *

일본의 극우 단체 '신풍'의 회원 마사끼와 요시다는 방송 뉴스를 보면서 거칠게 술잔을 내려놨다.

도대체 무슨 정신이란 말인가.

냄새나는 조센징이 일본에서 콘서트를 벌인다는 것 자체가 자존심이 상하는 일인데, 방송사들은 앞다퉈 뉴스를 보도하고 있었다.

"저 미친년들, 깡그리 잡아서 목을 베어야 해."

"대일본을 욕보이다니… 죽어도 싸지."

마사끼가 이를 갈며 중얼거리자 요시다가 다시 술잔을 비우며 맞장구를 쳤다.

도대체 이해가 가지 않는다.

지금 한국은 과거의 역사를 트집 잡아 배상을 요구하는 중이었고, 정부의 공식 사과를 끊임없이 강요하고 있었다.

얼마나 가소로운 놈들이란 말인가.

역사는 언제나 강한 국가에 약소국이 지배당했고 조선 병합은 그런 역사의 반복된 결과였을 뿐이다.

그럼에도 한국이 끝내 무리한 요구를 하는 것은 선진국인 일본을 향한 약소국의 투정일 뿐이다.

세계를 지배했던 대일본 정신을 그대로 이어받은 '신풍'의 전사로서 그러한 한국의 요구는 도저히 묵과할 수 없는 도전이었다.

그런 와중에 한국 가수에게 정신이 팔려 미친년들처럼 팔짝팔짝 뛰는 모습을 보게 되자 피가 거꾸로 솟구쳤다.

"예전에도 그랬지. 반반한 한국 배우한테 빠져서 미친년들이 날뛴 적이 있었어. 알지?"

"그럼, 그때 내가 그 새끼의 마빡을 몽둥이로 갈기려다가 경찰한테 붙잡혔잖아. 기억 안 나?"

"맞아. 그랬어. 아마, 경찰이 제지하지 않았다면 그놈은 병신이 되었을 거야."

"넌 어떻게 생각해. 저 새끼가 일본의 정신을 훼손하는 걸 그냥 구경하듯 지켜봐야 된다고 생각해?"

"이봐, 요시다. 시대가 변했어. 그리고 이병웅은 그때의 한국 배우와 격이 다른 놈이야."

"격이 다르긴 뭐가 달라. 저 새끼는 배때기에 칼이 안 들어간단 말이냐!"

"휴우, 빠가야로. 이병웅은 전 세계를 아우르는 스타다. 며칠 전 미국 가요 차트인 빌보드에서 1위까지 한 놈이라고. 그런 놈을 우리가 습격한다고 생각해 봐. 그렇게 되면 국제적으로 난리가 날 거고 일본의 위상은 땅바닥에 처박히게 될 거야. 아무리 기분이 나빠도 저놈은 안 돼. 무슨 뜻인지 알겠어?"

"이런 젠장. 우리 손을 벗어난 놈이란 뜻이구나."

"오죽하면 야마구치구미에서도 저놈에게 손을 뻗지 못했겠나. 돈이 되는 일이라면 무슨 짓이라도 하는 야마구치구미가 이번 콘서트에선 아예 접근조차 못 했단다."

"어이없군."

"그러니까 애들 함부로 동원할 생각하지 마. 우린 일본을 위해 존재하는 전사들이지, 일본의 명예를 훼손하는 사람들이 아냐!"

"그래도 이렇게 그냥 두고 볼 수는 없잖아?"

"당연하지, 집행부에서 오전에 연락이 왔다. 극비리에 내일 아침 '이우라' 호텔로 모이라는 지시야."

"거긴 왜?"

"놈을 직접 어쩔 수는 없지만 일본의 정신을 보여 줄 생각인 것 같아. 그러니 다른 생각하지 말고 너희 조원들 9시까지 데리고 그쪽으로 와."

\*　　　　\*　　　　\*

콘서트가 끝나고 난 후 콘서트장은 다시 한번 난장판이 벌어졌다.

모든 순서가 끝났음에도 관객들은 쉽게 자리를 뜨지 못했고, 떠나는 이병웅의 모습을 한 번이라도 더 보기 위해 팬들이 주차장 쪽으로 몰려들었다.

그 모습까지 일본을 비롯해서 여러 나라의 외신이 생생하게 보도했는데, 지금까지 이런 경우는 불멸의 가수들에게나 발생했던 일이었다.

콘서트가 끝난 후 일본의 인터넷은 다시 한번 발칵 뒤집혔다.

모든 장르를 한꺼번에 소화했고 마지막 스테이지를 통해 젊음의 열기를 폭발시켜 버린 이병웅의 콘서트는 일본인들이 한 번도 경험해 보지 못했던 최고의 축제였기 때문이었다.


*             *             *


"김 대표님, 정말 훌륭한 공연이었습니다. 관객들의 반응이 정말 뜨거웠습니다."

"감사합니다."

"방금 방송사에서 연락이 왔는데 공연 일부 장면을 내보낼 수 있게 해 달라고 부탁을 하더군요. 김 대표님 제가 거절하기가 무척 어렵습니다. 그래서 말씀인데… 양해를 해 주시면 안 되겠습니까?"

"안 됩니다."

이번 일본 공연을 협력했던 엔카의 사장 기무라가 간절한 표정으로 부탁했으나 김윤호는 가차 없이 그의 제의를 거부했다.

지금 눈앞에서 고개를 조아리고 있는 기무라는 처음 이병웅의 콘서트를 준비하기 시작할 때 공연 규모를 줄이자며 고압적으로 지껄이던 놈이었다.

일본 놈들은 언제나 이렇다.

약한 자에겐 더없이 거칠게 굴면서, 강한 자에겐 쓸개까지 빼어 줄 만큼 간사하게 행동한다.

"대한민국 방송사는 이병웅의 공연을 방송하기 위해 13억이란 거금을 '창공' 쪽에 지불했습니다. 그러니 공연 장면을 내보내고 싶다면 일본 방송사도 돈을 지불하라고 하십시오. 적정한 금액을 제시한다면 생각해 보겠습니다."

"공연 중계가 아니라 일부 장면을 소개하는 겁니다. 그런데 돈을 내란 말입니까?"

"당연하죠. 슈퍼스타의 공연 장면을 공짜로 내보내면 초상권 위반입니다."

"김 대표님, 정말 너무하시는군요. 다른 슈퍼스타들도 공연 장면 일부를 방송하는 건 이해를 해 줍니다."

"그건 그 사람들 사정이고요. 우린 그렇게 하지 않습니다."

"하아, 알겠습니다. 그렇다면 제가 방송사 쪽에 '창공'의 의견을 전하겠습니다."

세상을 사는 건 힘 있는 놈 마음대로 움직인다.

처음에는 고압적인 자세를 견지하던 기무라가 이렇듯 태도가 바뀐 것은 불과 두 달 만에 이병웅의 위치가 변했기 때문이다.

빌보드 차트 1위를 기록한 동양 최초의 가수.

더불어 후속 곡인 '청춘'마저 뜨겁게 상승하며 벌써 빌보드 차트 8위까지 올랐으니 일본의 기획사 대표 따위는 이제 쳐다보지 못할 위치로 올라간 상태였다.

그렇게 단호한 답변에도 기무라는 아직 할 말이 남은 것 같았다.

하긴, 왜 안 그렇겠나.

이번 콘서트는 그로 인해 일본에서 개최되었으니 일본 방송사나 관계자들이 그에게 목을 매다는 건 당연한 일이다.

"김 대표님, 지금 일본 유수의 방송사로부터 이병웅 씨의 출연을 타진해 달라는 요청이 빗발치고 있습니다. 시간을 내주실 수 있겠습니까? 제 얼굴을 봐서라도 한 번만……."

"죄송합니다. 이병웅 씨는 한국에서도 방송사 출연을 하지 않습니다. 더군다나 다음 주에는 상해로 날아가야 하기 때문에 일정을 비우기가 곤란합니다."

"그건 알지만 워낙 윗선에서 압력이 들어오는 바람에 제 입장이 상당히 난처합니다. 선처 좀 부탁드리겠습니다."

"미안하군요. 안 들은 것으로 하겠습니다. 그럼 이만."

기무라의 얼굴이 똥 씹은 표정으로 변하는 걸 보며 김윤호가 가차 없이 뒤돌아섰다.

득의의 웃음이 저절로 흘러나왔다.

이 새끼야, 그러길래 처음부터 잘하지 그랬어.


*            *            *


아침에 일어나 식사를 하고 룸으로 올라온 이병웅은 창 밖에서 들리는 소음에 발걸음을 떼어 창가 쪽으로 향했다.

일본은 조용한 나라다.

이번까지 3번이나 방문했지만 마치 사람이 살지 않은 것처럼 조용했는데, 사람들이 마치 좀비처럼 움직이는 것처럼 보였다.

이병웅은 그 이유를 알고 있었다.

1985년 일본은 미국과 맺은 플라자 협약 이후 극심한 경제 침체를 겪으며 저성장의 늪에서 30년 가까이 허우적거리는 상태였다.

국가는 잘살지만 국민들은 가난한 나라가 바로 일본이다.

저성장의 늪.

일본 국민들은 초강력 디플레이션에 빠진 사회로 인해 생기를 잃어버렸던 것이다.

물론 그 이면에는 내심을 숨기며 행동을 조심하는 일본인들의 특성이 존재한다.


\* \* \*


"저게 무슨 소리죠?"

호텔 앞에는 50여 명의 건장한 남자들이 피켓을 들고 고함을 지르고 있었는데, 악에 받친 모습이었다.

일본어를 모르는 이병웅이 옆에 서 있던 김윤호를 바라보자 그의 얼굴이 굳어져 있는 게 보였다.

머리가 좋다는 의미는 눈치가 빠른 것과 일맥상통한다.

그의 굳어진 얼굴을 확인하자마자 금방 상황을 눈치채고 쓴웃음을 지었다.

"쟤들, 나 때문에 그러는 거군요. 맞죠?"

"맞아. 단체 이름이 신풍이군."

"뭐라고 지껄이는 겁니까?"

"냄새나는 조센징은 당장 일본을 떠나란다."

"그리고요?"

"대일본의 명예를 실추시키는 짓을 한 네 팬들을 성토하고 있어. 저 새끼들은 일본 여자들이 너를 좋아하는 게 일본의 명예를 실추시키는 거란다. 방송사 새끼들 살판났구먼. 저놈들 하는 짓을 보니 짜고 온 게 분명해. 도대체 경찰 새끼들은 뭐 하고 있는 거야?"

신풍 회원들이 고래고래 소리 지르는 장면을 십여 대의 카메라가 신나게 찍고 있었다.

그들은 마치 특종을 찍는 것처럼 이리 뛰고 저리 뛰면서 카메라를 돌리고 있었는데, 몇몇 앵커들이 뭔가를 열심히 떠들고 있는 중이었다.

경찰 몇 명의 모습이 보였으나 그들은 아예 시위를 방관하듯 호텔 앞에서 얼쩡거리고 있을 뿐이었다.

"신풍이라면 유명한 일본 우익 단체죠. 충분히 그럴 만합니다. 일본 정부도 지금은 극렬 우익들로 채워져 있어요. 일본 정부가 쟤들을 정권의 충실한 개로 활용한다는 소문도 돌더군요."

"미치겠네. 조금 있으면 출발해야 되는데 저러고 있으니 어쩌지?"

"뭘 어쩝니까. 그냥 나가면 되죠. 우리보고 빨리 한국으로 가라고 시위하는 거 아니었어요?"

"혹시라도 공격당할 수 있어. 저 새끼들은 물불 안 가리는 놈들이라고."

김윤호가 얼굴이 굳어진 채 말을 하자 그동안 잠자코 옆에 서 있던 정두영이 하얀 이를 드러냈다.

"어떤 놈도 우리 형님을 못 건드립니다. 만약 그런 놈이 있으면 제가 죽일 겁니다."

제26장
야망이 시작되는 곳

연일 계속되는 신드롬.

일본에서 발생한 반한 시위는 오히려 이병웅의 인기를 더욱 상승시키는 기폭제가 되었다.

언론은 방송에 출연하지 않은 채 출국해 버린 이병웅의 행동에 노골적으로 불만을 터뜨리면서 우익 세력의 시위를 찬동하는 듯한 기사를 내보냈다.

하지만 오히려 인터넷엔 유저들을 중심으로 일본이 자성해야 된다는 댓글들이 봇물처럼 터졌다.

대다수의 일본인들은 가수를 정치와 연결시킨 일부 세력들의 행동을 비난했는데, 노래를 부르는 가수는 그 자체로서의 대중성을 인정해야 된다는 것이었다.

특히, 이번 일본 공연을 관람한 관객들의 콘서트 관람 후기는 극찬 그 자체였기에 그들의 주장은 커다란 공감대를 형성하며 언론의 보도를 인정하지 않았다.

일본에 이어 중국에서의 콘서트도 성공리에 막을 내렸다.

어디서든 마찬가지.

중국 역시 이병웅이 상해 공항에 도착하는 순간부터 수많은 뉴스를 양산하며 관심을 보였고, 광적인 팬들의 행동으로 인해 연일 화제를 불러일으켰다.

중국의 관심은 오히려 일본을 능가할 정도였다.


\*                    \*                    \*


상해 공연을 마치고 돌아오던 날.

머뭇거리며 뭔가를 이야기 하고 싶던 김윤호가 힘들게 입을 연 것은 비행기가 이륙한 후였다.

"병웅아, 나 할 말이 있어."

"말씀하세요. 그러다 병납니다. 아까부터 계속 울상을 짓고 있어서 커피 마시다 체할 뻔했어요."

"내가 원래 표정을 잘 못 숨겨. 워낙 착해서."

"에… 그건 아닌 것 같은데……."

"진짜야!"

"알았으니까 말해 보세요. 뭔데 그래요?"

"미국에서 매일 연락이 와서 미치겠다. 벌써 3주째 네 노래가 빌보드 차트에서 1위를 차지했기 때문에 미국 방송사는 네가 출연해 주길 간절히 바라고 있어."

"그건 벌써 오래전부터 있었던 일 아니에요?"

"그때와 상황이 달라. '헤어진 후'에 이어 '청춘'까지 3위로 올라왔기 때문에 미국 전역이 난리가 났단다. 그래서 미국 쪽에선 너를 반드시 초청하고 싶어 해. 그래미 어워드에서 올해의 아티스트로 너를 올렸단 말이지."

"그래서요?"

"사실, 거의 2달 동안 강행군을 했던터라 미국 일정은 가급적 잡지 않으려고 했는데… 워낙 판이 커지는 바람에… 네 생각은 어때?"

"사장님 얼굴을 보니 반드시 가야 할 것 같은데요?"

"시장 규모가 다르거든. 너도 알다시피 미국 시장을 휘어잡으면 세계시장을 석권하게 된다. 그렇게 되면 우린 천문학적인 돈을 벌어들일 수 있어."

"그 이야기는, 제가 세계 최고의 슈퍼스타가 될 수 있다는 뜻인가요?"

"같은 이야기지."

"좋습니다. 그럼 가요. 어차피 다음 달에는 미국으로 떠날 생각이었으니까 조금 일찍 떠나는 것으로 하죠."

"정말?"

"전 한입으로 두말하지 않습니다."

이병웅이 칼같이 말을 자르자, 그동안 눈치를 보던 김윤호의 얼굴이 활짝 펴졌다.

그만큼 그에겐 미국 시장 진출이 염원이었던 것이다.

죽었던 어머니가 살아 돌아온 것처럼 기뻐하는 김윤호를 바라보며 이병웅은 얼굴에 미소를 떠올렸다.

연예계 물을 오랫동안 먹었으면 온갖 먼지가 몸에 묻었을 텐데, 이 사람은 너무 과하게 솔직했다.

하지만 그는 아직도 내가 남의 이익을 위해 움직이지 않는 사람이란 걸 모른다.

미국으로 일찍 출발하겠다는 결심을 굳힌 건 미국 방송사의 요청보다 미국 금융시장의 변화 때문이었다.

1월이 되자 금융시장이 꿈틀거리는 중이었다.

제시카의 말에 따르면 곧 연준에서 본격적으로 국채를 매입할 것이란 정보가 들어온 상태였다.

금융 쪽에서 사는 자들은 온통 돈을 먹고 사는 귀신들뿐이다.

제시카가 알 정도라면 이미 세력들도 그 정보를 손에 넣었을 테니 선제적으로 움직이는 게 분명했다.

그런 상황이라면 조금이라도 먼저 갈 필요성이 있었다.

아직, 본격적인 상승을 하기 위해서는 힘의 응축이 필요하겠지만, 늦게 가는 것보다는 먼저 가는 게 낫다.

더군다나, 홍철욱으로부터 인수 기업의 명단이 선정되었기 때문에 다른 자들이 군침을 삼키기 전 실행에 옮길 필요성이 있었다.


\*          \*          \*


아우성.

공항에 나온 기자들은 이병웅의 움직임을 조금도 놓치지 않으려는 듯 카메라 셔터를 눌러 댔다.

어떤 말로 표현할 수 있을까.

지금까지 수많은 가수들이 명멸하며 사람들의 심금을 울렸지만 단연코 한국 가수 역사상 이런 명예를 얻은 자는 이병웅이 유일하다.

기자들과 팬들의 벽을 뚫고 나오느라 '창공'에서 동원한 50여 명의 경호원들이 기를 썼지만, 결국 이병웅은 걸음을 멈추고 말았다.

건장한 경호원들조차 작정하고 달려드는 기자들을 막기 어려웠다.

공항에는 백여 명의 기자들이 몰려들었는데, 진출로를 스크럼 짜듯 가로막아 기어코 이병웅을 움직이지 못하게 만들었다.

"이병웅 씨, 이번 중국 공연 성황리에 마친 거 축하드립니다. 상해의 콘서트장에 10만 명이 몰렸는데 기분이 어떠셨나요?"

"상당히 놀랐습니다. 저를 그토록 반갑게 맞아 줄 거라고는 생각하지 못했습니다."

"중국 측에서는 북경 콘서트를 제의했다던데, 응하실 생각입니까?"

"아뇨, 일정이 맞지 않아서 정중하게 거절했습니다."

"아직 유학을 떠나기 전까지 한 달 반이나 남은 걸로 아는데요?"

"아시겠지만 제 노래가 빌보드 차트 1위에 올라 있습니다. 따라서, 미국 방송사 쪽의 출연 요청이 쇄도하고 있는 실정입니다. 조만간 미국 일정이 잡힐 것 같습니다."

"정말입니까!"

폭탄선언.

이병웅의 선언에 기자들의 카메라 셔터가 다시 한번 동시에 터졌다.

기자들의 입에서는 탄성이 흘러나왔는데 이병웅의 미국 진출이 초미의 관심사로 대두되는 중이었기 때문이었다.

동양인 최초의 빌보드 차트 1위.

그런 역사를 창조했음에도 이병웅은 미리 계획된 콘서트를 진행하느라 미국 측의 요구를 번번이 거절한 것으로 알려져 있었다.

"그럼, 미국은 언제 가는 겁니까. 가시면 따로 콘서트 일정을 잡는 건가요?"

"아직 세부적인 계획은 잡히지 않았습니다. 하지만 계속 말씀드린 것처럼 저는 공부를 하면서 시간이 날 때마다 콘서트를 가질 생각입니다."

"미국 그래미 어워드의 시상식에도 참석하시나요?"

"그럴 생각입니다."

"미국 방송사에는 어떤 프로그램에 출연하실 계획이죠?"

"방송사 출연은 조율이 되지 않았습니다. 확정이 되면 '창공' 쪽에서 알려 드릴 겁니다."

"이병웅 씨의 인기는 미국에서도……."

한번 걸음이 잡히자 기자들은 그동안 궁금했던 점을 한꺼번에 쏟아 냈다.

그들의 마음이 얼마나 절박한지 이해가 된다.

그동안 이병웅은 콘서트 일정을 치르면서 언론과 전혀 접촉하지 않았기 때문에 기자들은 오직 먼발치에서만 그의 모습을 볼 수 있었다.

이병웅이 스스로 걸음을 멈췄기에 지켜보던 김윤호가 중간에서 끼어든 것은 기자들의 인터뷰가 50분이나 지났을 때였다.

"기자 여러분, 이병웅 씨는 공연을 끝내고 막 귀국했기 때문에 상당히 피곤한 상태입니다. 나중에 다시 기회를 만들어 볼 테니 이쯤에서 끝내시죠."

"거짓말하지 마세요. 맨날 그렇게 말하고 언제 기회를 준 적 있어요? 우린 오늘 끝장을 봐야겠습니다."

"하아, 이 사람들이 정말."

"비켜요. 이병웅 씨는 가만있는데 왜 사장님이 나서서 방해를 합니까."

잘하면 한 대 칠 기세다.

그만큼 기자들은 김윤호에게 반감이 커질 대로 커진 상태였다.

하긴, 그럴 만도 하다.

이병웅이 데뷔한 후 지금까지 매번 비슷한 말로 얼버무리며 접근을 차단했으니, 기자들의 이병웅에 대한 감정은 최악이었다.

그럼에도 김윤호는 경호원들을 동원해서 기자들의 숲을 뚫어 냈다.

이만하면 됐다.

어떤 미친놈이 월드컵에서 우승하고 돌아온 것도 아닌데, 공항에서 1시간이나 인터뷰를 한단 말인가.

*     *     *

이병웅의 미국 진출 소식은 특종이 되어 빠르게 전파되었는데, 그 소식을 들은 대중들은 커다란 아쉬움을 숨기지 못했다.

비록 이병웅이 자주 방송에 출연해서 모습을 보여 준 건 아니었지만 한국에 있는 것과 미국으로 넘어가는 건 감정적으로 차이가 있기 때문이었다.

김윤호는 차근차근 미국 일정을 잡으며 세부 스케줄 표를 작성해 나갔는데, 미국 메이저 방송 중 3군데에 출연하는 것으로 결정했다.

거기에 추가된 일정이 시상식에 참여하는 것이다.

수상이 될지는 모르겠지만, 그래미 어워드에서 워낙 강력한 후보자였기에 미국 측은 반드시 참여해 달라는 요청을 해 온 상태였다.

*　　　　*　　　　*

"병웅아, 밥 먹자."

"우리 엄마, 오늘 보니까 얼굴이 더 예뻐지셨네?"

"장난치지 말고. 넌 엄마 놀리는 게 재밌니?"

"정말인데. 정말, 예뻐졌어. 피부도 탱탱해졌고."

"별소릴 다 듣겠네. 엄마가 낼 모레면 환갑이야. 까불지 말고 어서 나와 밥 먹어."

"아버지는?"

"가게 계시지. 요즘 장사가 잘돼서 바쁘시단다."

"헐, 돈 많이 버시겠는데. 우리 엄마 아버지가 돈 많이 벌어서 좋겠다."

따라 나가며 이병웅이 중얼거리자 엄마의 얼굴에서 웃음꽃이 피어났다.

농담인 걸 알지만 즐겁고 행복하다.

가게에서 번 돈은 이병웅이 버는 돈에 비하면 새 발의 피에 불과하겠지만 아들이 그런 소리를 하자 저절로 행복감이 몰려왔다.

그래 맞아.

예전에 비하면 지금 그녀가 살아가는 세상은 천국이다.

"병웅아, 몸 건강히 잘 다녀와야 해. 밥 굶지 말고."

"걱정하지 마세요. 엄마가 아들은 튼튼하게 낳아 주셨잖아요."

"그건 그렇지. 그리고 외국 여자 함부로 사귀지 마라. 어느 날 갑자기 백인 여자가 애를 척 업고 나타나면 엄만 기절할지 몰라."

"하하하… 흑인 여자는 괜찮아?"

"아휴, 그런 소리 하지 마. 소름 돋아."

"엄마는 박애주의자라고 생각했는데, 은근히 인종차별이 심하네."

"병웅아, 며느리는 한국 여자로 하자. 엄마는 백인 여자나 흑인 여자는 감당이 안 될 것 같아."

"알았어… 알았다고요."

엄마와의 대화는 이렇게 즐겁다. 아무런 조건 없이 한없는 사랑으로 평생 동안 자신을 지켜 준 엄마는 어떤 여자보다 아름다운 천사다.

아들의 밥 먹는 모습을 보면서 엄마는 잠시도 입을 쉬지 않았다.

미국에 갔을 때 주의 사항들을 조목조목 이야기하면서 절대 나쁜 길로 빠지지 말아 달라고 부탁을 했다.

엄마는 영화를 많이 봐서 그런가 미국은 마약의 천국이고 사람들이 전부 도박에 빠졌다고 생각하는 게 분명했다.

오늘 반찬은 그가 어렸을 때부터 가장 좋아했던 불고기와 오징어볶음이었다.

엄마는 집에 와 있던 3일 동안 아들이 좋아했던 음식들을 해 주느라 시장에 가는 것 외에는 외출조차 하지 않았다.

"박사까지 할 거니?"

"아뇨. 아직 결정하지 않았어요."

"엄만… 네가 일찍 돌아왔으면 좋겠어. 내가 알아보니까 와튼스쿨이라는 데가 학위를 잘 안주는 걸로 유명하더라. 그러니까 웬만하면 박사는 하지 마."

"엄마는 아들이 박사 되는 게 싫어?"

"누가 그렇대. 시간이 너무 많이 걸리니까 그렇지. 난 우리 아들이 그렇게 오랫동안 외국에 있는 거 싫어. 솔직히 세계 최고의 슈퍼스타가 뭐 하러 공부를 해. 어차피, 공부하는 것도 성공하려고 하는 거잖아."

"쳇, 우리 엄마, 실속을 챙기시네. 혹시, 그거 김 대표님이 시킨 건 아니지?"

"아니야, 그 사람 생각보다 입이 무거워서 엄마나 아버지한테는 아무런 말도 안 해. 가끔 선물이나 주고 가지 회사 이야기는 입 밖으로 꺼내지도 않더라."

"그거 다 전략이야."

"전략이고 뭐고. 난 그 사람이 널 잘 보살펴 줬으면 좋겠어. 이번에 미국으로 같이 간다며?"

"그런다네요. 날 감시해야 된다나, 뭐라나."

*       *       *

이병웅은 오랜만에 문현수와 함께 저녁 식사를 하면서 소주를 마셨다.

워낙 철저하게 변장을 했고 젊은이들이 북적거리는 홍대였기 때문에 사람들은 그의 존재를 쉽게 알아채지 못했다.

문현수는 이병웅이 미국으로 떠나기 전 보고 싶다며 어제 중국에서 들어왔는데 그사이 제법 관록이 붙은 것 같았다.

자리가 사람을 만든다고 한다.

회사를 운영하는 사람은 사장이 되어 더 높은 곳을 바라보기 때문에 평사원이 보는 시각과 많은 차이가 있다.

문현수는 중국으로 넘어간 3달 동안 지부를 설립했고 최고의 인재들을 스카우트해서 본격적인 사업 준비를 마친 상태였다.

"우리 병웅이, 살판났네."

"뭐가?"

"미국에는 쭉쭉빵빵 예쁜 미녀들이 지천으로 깔렸다던데

좋겠다."

"미친놈."

"어차피 공부하러 가는 거 아니라고 했잖아. 학생이 공부 안 하면 노는 거밖에 더 있어?"

"내가 넌 줄 아냐. 그리고 학생이 공부를 왜 안 해?"

"그럼 한다고?"

"대학교에 다닐 때처럼 열심히 할 생각은 없지만 수업은 꼬박꼬박 받을 거야."

"흐으… 그게 그 말이잖아. 이 자식아. 수업만 받고 맨날 놀겠다는 말을 뭘 그리 어렵게 돌려 말해. 누가 들으면 다른 말인 줄 알겠네."

"시끄러워. 놀 시간이 어디 있냐. 돈 벌기 바빠."

"철욱이는 좋겠다. 나도 거기에 같이 있었으면 좋았을 텐데 아깝다."

정말로 아쉬워하는 얼굴이다.

대학 내내 같이 몰려다니던 친구들과 따로 떨어져 홀로 중국에 머무는 게 꽤나 싫은 것 같았다.

두 사람이 앉아 소주를 4병이나 마신 후 자리에서 일어났다.

문현수는 술이 오르자 클럽에 가자며 마구 우겼는데, 막상 이병웅이 콜을 외치자 도끼눈을 부릅뜬 채 소리를 버럭버럭 질렀다.

어차피 안 갈 거면서 사기를 친다는 게 놈의 주장이었다.

그럼에도 놈은 젊은이들로 가득 찬 홍대 거리를 걸으며 연신 낄낄거렸다.

정체가 노출되면 난리 난다는 걸 알면서도 이병웅과 문현수가 홍대로 온 것은 미국으로 떠나기 전 어쩌면 마지막이 될지 모를 청춘의 흔적을 이곳에 남기고 싶었기 때문이었다.

물결처럼 넘실거리는 사람들의 숲.

대한민국에서 가장 번화하다는 젊은이들의 거리.

연인들의 함박웃음이 행복해 보였고 클럽으로 향하는 청춘들은 기대감에 젖어 얼굴이 발그레 달아올라 있었다.

그 길을 따라 사람들을 구경하며 걷던 그들의 귀에 불현듯 음악 소리가 들려 온 건 상가가 밀집되어 있는 커다란 광장을 지날 때였다.

"어라, 버스킹을 하네. 병웅아, 우리 잠시 구경하고 갈까?"

문현수의 제의로 음악이 들리는 곳을 향해 다가갔다.

앰프 하나, 그리고 기타를 든 채 앉아 있는 남자와 여자.

남자는 대학생 정도로 보였는데, 그 옆쪽에는 일행으로 보이는 여학생이 이상한 악기를 든 채 나란히 앉아 있었다.

그리고 그 앞에 놓인 모금함.

'불우한 아이들이 당신들의 도움을 기다리고 있습니다.'

사람들이 없는 이유가 이해가 간다.

홍대 거리엔 젊은이들이 물결처럼 지나가고 있었지만, 버스킹을 구경하는 사람들은 5명 정도밖에 되지 않았다.

이유는 단 하나.

버스킹을 보게 될 경우 그들의 앞에 놓여 있는 모금함이 부담되기 때문이다.

대학생의 노래는 꽤 괜찮았지만 사람들의 발길을 붙잡기엔 부족한 부분이 많았다.

그럼에도 그는 최선을 다해 노래를 부르고 있었다.

이병웅은 노래 한 곡을 전부 들은 후 문현수의 얼굴을 쳐다보았다.

"돈 있어?"

"응."

"그럼 돈 좀 꺼내. 5만 원만 줘 봐."

"이 자식아. 노래 한 곡 값으로는 너무 커. 그리고 그걸 왜 나한테 시켜. 나보다 훨씬 많은 놈이!"

"일단 줘 봐. 카드만 가져와서 난 돈이 없어."

"흐으, 영악한 놈. 이거 왠지 억울하단 생각이 드네."

"억울해하지 마. 돈값은 할 테니까."

이병웅이 빙긋 웃으며 문현수가 꺼낸 돈을 가지고 학생들 앞으로 다가갔다.

평상시에는 가급적 얼굴을 숨기지 않았지만, 오늘만큼은 문현수와 즐거운 시간을 갖기 위해 모자를 깊게 눌러쓰고 마스크까지 썼기 때문에 학생들은 그가 다가섰음에도 정체를 알아채지 못했다.

"수고합니다. 좋은 일 하시네요."

이병웅이 5만 원이란 거금을 모금함에 넣자 학생들이 놀라는 표정을 지었다.

그런 후 곧 햇살 같은 웃음을 띠며 연신 고맙다는 인사를 했다.

"저기… 내가 대신 노래를 할 수 있을까요?"

"예?"

"꽤 오랫동안 노랠 한 것 같은데 잠시 쉬세요. 잠시 내가 대신해 줄게요."

사람에겐 저마다 포스가 있다.

그저 보는 것만으로도 그 사람이 지닌 힘을 알 수 있게 만드는 포스 말이다.

이병웅의 부탁에 남학생은 자신도 모르게 자리에서 일어났는데, 어쩔 줄 모르는 표정이었다.

"기타 줘 봐요. 그리고 앰프 크기를 조금 더 키우세요. 너무 작아서 사람들이 오질 않잖아요."

"알겠습니다."

기타를 건네 준 학생이 급히 앰프의 음량을 조절했는데 성능이 좋지 않았기 때문인지 삑삑거리는 소음이 발생했다.

이병웅이 기타를 들고 의자에 앉자 놀란 문현수가 빠르게 다가왔다.

"야, 너 뭐 해?"

"네가 낸 돈에 대한 보상을 해 주려고. 더불어 이 사람들 좋은 일 하니까 도와주고 싶어서."

"지랄, 이 미친놈아. 빨리 일어나!"

"잠깐 저기 가서 구경하고 있어. 너도 내 노래 듣고 싶어 했잖아."

이병웅이 기타의 현을 훑으며 쳐다보자 문현수가 어쩔 수 없다는 표정을 지으며 뒤로 물러났다.

말린다고 해서 그만둘 놈이 아니었다.

그럼에도 향후에 발생할 일을 생각하자 눈앞이 깜깜해졌다.

기타의 음을 세밀하게 조율하던 이병웅이 찜찜한 표정을 짓고 있는 문현수를 보면서 웃었다.

놈의 얼굴이 금방이라도 울 것 같았기 때문이었다.

앰프의 소리를 키웠기 때문인지 학생이 노래를 부를 때보다 기타 소리가 훨씬 커졌다.

이지혜는 친구들과 함께 1차로 이탈리아 식당에서 식사로 하고 호프집에서 2차까지 끝낸 후 오랜만에 클럽을 가기 위해 이동하는 중이었다.

작년에 대학교를 졸업하고 직장에 입사해서 1년 동안 죽을 힘을 다해 버티느라 클럽 근처에는 가 본 적이 없었다.

친구들도 마찬가지였다.

직장이란 건 학교와 달라 초년병 시절을 어떻게 보내느냐에 따라 인생이 결정되기 때문에 그녀들은 최선을 다해 회사에 적응하느라 얼굴보기조차 힘들었다.

오늘 친구들과의 만남은 이지혜가 주관해서 이루어졌다.

3달이 넘도록 뭉친 적이 없었기 때문에 친구들도 그녀가 모임을 주관하자 주저 없이 튀어나왔다.

대학교 다닐 때부터 그들 4인방은 항상 몰려 다녔으나, 이젠 누군가 자리를 주선해야 만날 수 있었다.

오랜만에 클럽에 간다고 생각하니 저절로 가벼운 흥분과 기대감이 몰려왔다.

클럽에 간다는 건 격렬한 춤을 통해 스트레스를 푸는 것도 있지만 괜찮은 남자를 만날 수도 있다는 기대감도 한몫한다.

한 뭉치가 되어 요즘 가장 잘 나간다는 '피닉스'를 향해 걸어갔다.

'피닉스'는 2년 전에 개장했는데 음악과 손님들의 물이 좋기로 유명한 곳이었다.

"빨리 가자. 자리 없으면 들어가지 못해."

"설마, 이제 9시도 안 됐는데 벌써 찼겠어?"

"워낙 사람들이 많다잖아. 오랜만에 날 잡았는데 못 들어가면 얼마나 억울하겠니."

"맞아, 맞아. 얼른 가자. 오늘은 반드시 괜찮은 놈팡이 만나서 불타는 금요일을 보낼 거야."

"아휴, 김칫국부터 마시는 것 좀 봐."

"내가 얼마나 외로웠으면 이러겠니. 우리 회사 윤 과장, 그놈 때문에 매일 야근하느라 남자 만날 새가 없었다고."

"알았어. 오늘은 무조건 너부터 챙겨 준다. 우리 수경이, 오랜만에 발바닥에 땀 좀 내봐."

"아싸, 레츠 고!"

깔깔거리는 웃음소리.

이지혜가 엄지손가락을 치켜올리며 맹세를 하자 손수경이 공중 부양을 하면서 적을 향해 돌진하는 자세로 앞을 향해 걸어갔다.

그때, 너무나 익숙한 기타 소리가 들려왔다.

이지혜의 노래방 18번이자 몇 달 동안 라디오와 방송을 통해 줄기차게 들어왔던 노래.

바로 이병웅의 '헤어진 후'였다.

"우와, 기타 소리 죽여주네. 저거 진짜 치는 건가?"

"가게에서 노래 틀어놓은 거겠지."

"아냐, 아냐. 저기서 들리잖아."

손수경의 손가락이 머문 곳.

그곳에선 한 남자가 의자에 앉아 기타를 치고 있었는데, 그의 손가락이 마법처럼 움직이고 있었다.

"우와, 가 보자."

누가 먼저랄 것도 없이 그녀들은 빠른 걸음으로 남자를 향해 다가갔다.

그녀들뿐이 아니다.

어느샌가 커다란 광장에는 사람들이 하나둘씩 모여들었는데 금방 20여 명으로 늘어났다.

익숙한 전주.

이지혜는 이 기타 전주를 너무나 사랑했기에 남자의 기타 소리를 들으며 눈을 동그랗게 떴다.

이병웅이 쳤던 그 음률과 너무나 똑같았기 때문이었다.

찬찬히 남자의 모습을 살폈다.

깊게 눌러 쓴 모자, 그리고 검은 마스크에 가려 남자의 얼굴은 알아볼 수 없었으나 그 모습이 어딘가 익숙해 보였다.

"정말 기타 끝내주네. 이병웅이 치는 것과 똑같은 것 같아."

"워낙 빅히트를 쳐서 웬만한 사람들이 전부 흉내 내지만 저 사람은 조금 특별한 것 같아. 기타에 감정이 들어 있어 듣기 너무 좋아."

친구들도 그녀와 같은 느낌을 받은 것 같았다.

그랬기에 이지혜는 남자의 기타 전주를 들으며 잔뜩 기대감을 가진 채 전주가 끝나기를 기다렸다.

그의 노래 솜씨가 어떤 지 궁금했기 때문이었다.

이윽고.

남자의 입에서 노래가 나오는 순간.

이지혜와 친구들은 서로를 바라보며 입을 떡 벌렸다.

그의 입에서 흘러나온 노래가 그녀들이 가장 사랑하는 이병웅의 목소리와 똑같았기 때문이었다.

"어머, 뭐야. 저 사람!"

"우와, 병웅 오빠와 똑같아. 정말 미쳤어."

웅성거리는 사람들의 목소리.

이지혜는 사람들의 놀라는 소리를 들으며 남자에게서 눈을 떼지 못했다.

점점 파도처럼 밀려오는 감정의 파도.

이병웅에게서만 느낄 수 있는 슬픔이 남자의 목소리를 타고 점점 강하게 사람들의 가슴속으로 파고들었다.

이어지는 절정부의 고음.

이 부분을 들을 때마다 이지혜는 사랑했지만 헤어질 수밖에 없었던 남자 친구를 생각하며 언제나 눈물을 흘렸었다.

저 남자, 도대체 뭐야. 완전히 미쳤어!

노래가 끝나자 사람들 속에서 우레와 같은 박수갈채가 터져 나왔다.

꽤 많은 버스킹을 봤지만, 이 정도로 엄청난 실력을 가진 사람은 처음 봤기에 이지혜와 친구들도 사람들을 따라 박수를 쳤다.

벌써 광장은 50여 명의 사람들이 몰려든 상태였다.

그때 노래를 마친 남자가 관객들을 향해 입을 열었다.

"여러분 안녕하세요. 아름다운 금요일 저녁입니다. 저는 사실 여기 버스킹의 주인이 아니에요. 지나다가 학생들이 좋은 일을 한다기에 잠시 도와주기 위해 앉았을 뿐입니다. 제 노래 괜찮았나요?"

"예, 최고였어요."

몇몇 여자들이 대답을 했지만 50여 명이나 몰렸던 사람들 중 상당수가 자리를 뜨는 게 보였다.

그들은 노래가 끝나자 다시 제 갈 길을 가기 위해 부지런히 걸음을 옮겼다.

이지혜와 친구들도 마찬가지였다.

노래를 듣기 위해 잠시 멈췄지만, 지금 그녀들의 지상 최대 목적은 인기 클럽 '피닉스'에 입장하는 것이었다.

그때 걸음을 옮기려던 그녀들의 귓가로 남자의 목소리가 다시 들려왔다.

"저는 오늘 친구와 함께 미국으로 떠나기 전 제가 대학교 때 자주 찾았던 이곳에서 마지막으로 즐거운 시간을 갖기 위해 왔습니다. 그러다, 쌀쌀한 날씨에도 불우한 아동들을 위해 수고를 아끼지 않는 학생들을 보게 되었죠. 그냥 지나칠 수 없었어요. 제 노래로 이분들을 도울 수 있겠다는 생각이 들었거든요. 정식으로 인사드리겠습니다. 저는 이병웅입니다."

웬 말도 안 되는 개소리.

노래만 잘하는 줄 알았더니 남자는 말도 안 되는 거짓말로 사람들이 떠나는 걸 막으려는 듯 농담을 던졌다.

그럼에도 자연스럽게 눈이 그쪽으로 돌아갔다.

자신이 이병웅이라고 속이는 그의 면상을 다시 한번 보고 싶었기 때문이었다.

"꺄악!"

남자가 천천히 손을 들어 얼굴을 가렸던 모자를 벗었고 검은 마스크를 여는 순간.

버스킹의 일원인 것 같았던 여학생의 입에서 비명 소리가 흘러나왔다.

그녀는 바로 옆에서 남자의 얼굴을 봤기 때문에 관객들보다 남자의 정체를 제일 먼저 확인할 수 있었는데, 비명 소리와 함께 온몸을 벌벌 떨어댔다.

그녀의 비명 소리는 파도처럼 전염되면서 아직 남아 있던 관객들을 자지러지게 만들었다.

남자의 손이 치워지는 순간.

너무나 익숙했던 얼굴이 생생하게 드러났기 때문이었다.

"아악… 이병웅… 진짜 이병웅이야!"

손수경과 친구들이 펄쩍 펄쩍 뛰면서 귀신을 본 것처럼 놀라고 있을 때, 이지혜는 오로지 입을 가린 채 꼼짝하지 않았다.

이런 곳에서 이병웅이 나타날지 누가 상상이나 했겠는가.

사람들의 비명 소리에 거리를 가득 채운 사람들이 미친 듯 뛰어오는 게 보였다.

일부는 무슨 일인지 모른 채 뛰어왔지만, 대부분의 사람들은 관객들이 비명처럼 소리 질렀던 이병웅의 이름을 듣고 달려온 사람들이었다.

"이번에 부를 곡은 '청춘'입니다. 노래를 부르기 전에 불우한 아동들을 위해 성금을 전해 주시면 고맙겠습니다. 여러분, 우리 사회가 아직 따뜻하고 아름답다는 것을 보여 주세요. 부탁드립니다."

이병웅이 100여 명으로 늘어난 관객들을 향해 도움을 청하자 사람들이 우르르 앞으로 몰려나오기 시작했다.

그들은 지갑에서 집히는 대로 돈을 꺼내 모금함에 넣었는데 전혀 아깝다는 생각을 하지 않는 것 같았다.

그런 사람들을 향해 이병웅이 한 번씩 고개를 숙여 감사의 인사를 전했다.

"전부 돈 꺼내."

"난 벌써 꺼냈어. 이 씨, 그런데 얼마나 내야 되지?"

"몰라, 지금 돈이 문제야? 오빠가 도와달라고 부탁하잖아. 있는 대로 다 꺼내."

"클럽은?"

"얘가 아직도 클럽 타령이네. 지금 눈앞에서 오빠가 노래한다는데 클럽이 문제니."

"맞아, 난 오늘 여기서 쫑이다. 우와, 심장 떨려. 직접 병웅 오빠를 보게 될 줄이야. 이게 꿈인지 생시인지 모르겠네."

친구들이 돈을 꺼내는 걸 보면서 이지혜가 사람들에게 인사하는 이병웅의 얼굴을 바라봤다.

모금함에 돈을 넣기 위해 사람들이 줄을 길게 늘어섰기 때

문에 기다리는 동안 가슴이 쿵쾅거리며 뛰었고 정신이 하나
도 없었지만, 그녀의 눈은 각인이라도 시키겠다는 듯 이병웅
의 얼굴에서 떨어지지 않았다.

$$*  \qquad  *  \qquad  *$$

"뭔 소리야. 이병웅이 홍대에서 버스킹을 한다고?"

"그렇다네요."

"너 지금 장난하니. 방송에도 안 나오는 놈이 거기서 왜 버
스킹을 해?"

"PD님 진짜예요. 지금 언론사 연예부 기자들이 전부 그쪽
으로 튀어가고 있는 중이란 말입니다."

"헉!"

"빨리 서둘러야 해요. 이런 장면을 놓치면 우린 죽습니다."

TBS '한밤의 연예가소식'의 PD 정경훈의 얼굴이 누렇게 죽
었다.

스태프의 말을 들으며 처음에는 정신이 붕 떴지만, 잠시 시
간이 지나자 자신의 할 일이 파노라마처럼 펼쳐졌기 때문이었
다.

"정석아, 우리 팀 애들한테 전부 비상 때려. 다른 쪽에 지원
부탁해서 카메라맨 확보하고."

"지금 대부분 퇴근했을 텐데요."

"녹화하고 있는 놈들 있을 거 아냐. 무조건 빼서 보내란 말이야. 뒷일은 내가 책임질 테니까 총알같이 달려가라고 그래."

"알겠습니다."

"홍대 쪽에 있는 기자들 거기로 오라고 전해. 반경 10㎞ 이내에 있는 애들은 전부 집합시키란 말이야. 나도 국장님께 보고하고 바로 갈 테니까!"

"이게 무슨 난리랍니까. 환장하겠네요."

"시간 없어. 빨리 움직여!"

AD 한정석이 뛰어나가는 걸 보며 정경훈은 책상에 있던 핸드폰을 들고 빠르게 단축 번호를 눌렀다.

지금은 전시 상황이나 다름없으니 최대한 빨리 국장에게 보고하고 지원 병력을 확보할 필요성이 있었다.

＊　　　　＊　　　　＊

"으… 이 미친놈이, 진짜!"

사무실에 남아 미국 측과의 일정 조율 문제로 골머리를 앓고 있던 김윤호는 뒤늦게 홍대 소식을 듣자마자 길길이 날뛰었다.

워낙 사고를 많이 쳐서 이골이 나기도 하련만, 이런 소식을 들을 때마다 하늘이 노래졌다.

이병웅은 이제 그냥 인기 스타가 아니라 전 세계를 아우르는 월드 스타였고 '창공'의 목숨을 쥐고 있는 생명 줄이었다.

오죽하면 불타는 금요일에 '창공' 전 직원이 남아 이병웅을 위해 야근을 하고 있을까.

"야, 경호팀 어떻게 됐어?"

"당장 달려가라고 했습니다."

"우리 애들은?"

"기획실 직원들이 조금 전 출발했고, 홍보팀도 비슷하게 나갔습니다."

"씨발, 미치겠네. 지금 상황은 어때?"

"홍대 전체가 마비되었다고 합니다."

"우리도 가자!"

김윤호가 외투를 들고 뛰어나가자 기획실장이 급하게 따라붙었다.

날벼락이다.

홍대에서의 버스킹이라니.

그 누가 상상이나 했단 말인가.

정두영으로부터 이병웅이 오늘 친구와 함께 마지막 식사를 위해 홍대 쪽에 간다는 보고를 받았지만, 이런 일을 벌일지는 상상도 하지 못했다.

차를 타고 홍대로 향하는 김윤호의 입술이 바짝바짝 타들어 갔다.

그럼에도 눈만은 샛별처럼 반짝반짝 빛났다.

지금 이병웅이 홍대에서 벌인 여파를 계산하느라 머릿속이 정신없이 움직였기 때문이었다.

언제나 이렇다.

이병웅은 사고를 치지만, 그 사고는 언제나 사람들의 호감도를 대폭 끌어올리는 촉매제 역할을 했다.

다른 놈들은 술을 처먹고 음주운전을 하거나, 마약이나 여자들과의 스캔들로 사고를 쳤지만 이병웅의 사고는 그런 것들과 근본적으로 차이가 있었다.


                    *           *           *


이병웅은 노래를 부르면서 구름처럼 몰려든 사람들에게 시선을 던졌다.

이제 광장은 물론이고 홍대 전체가 사람들로 꽉꽉 들어 차 주변 도로의 차량까지 꼼짝 못 하는 중이었다.

왜 얼굴을 노출시켰냐고?

그거야 당연한 거 아니겠나.

나는 행동을 할 때 언제나 계산을 하고 움직인다.

불우 아동을 돕기 위한 학생들의 노력이 예뻤다면 그냥 돈만 모금함에 넣고 돌아섰을 것이다.

하지만 그 짧은 순간 경제 위기로 힘들게 살아가는 사람들에게 선물을 줘야겠다는 생각이 들었다.

삶이 팍팍하게 되면 인정은 사라지고 인정이 사라진 사회는 활력을 상실하게 된다.

더불어, 사람들의 뇌리에 자신에 대한 호감을 증폭시킬 기회를 놓치고 싶지 않았다.

콘서트에서 불렀던 노래들을 한 곡씩 부르는 동안 관객들은 구름처럼 몰려들었고, 곧이어 기자들의 모습이 나타나기 시작하더니 관객들 틈을 뚫고 들어와 전면을 장악했다.

밥줄이 달려 있는 기자들은 일반 관객들과 다르기 때문에 그 복잡한 틈을 악착같이 뚫고 들어왔는데, 그들 중 상당수가 여기자들이었다.

비슷한 시기에 '창공'의 경호 팀이 도착해서 버스킹 장소를 에워쌌다.

모든 사람들이 참 빠르다.

금요일, 저녁임에도 자신 때문에 수많은 사람들이 움직이는 걸 보자 저절로 쓴웃음이 새어 나왔다.

＊　　　　＊　　　　＊

"이제 마지막 곡을 불러 드리겠습니다. 이 곡은 다음 달에 발표되는 저의 신곡 '이별의 시'입니다. 아직 한 번도 방송을 타지 않았으니 이곳에 계신 분들이 처음으로 듣게 되겠네요. 하지만 공짜는 없습니다. 아직 불우 아동들을 위해 성금을 하지 않으신 분들은 마련된 통로에 줄을 서서 도와주시면 고맙겠습니다."

이병웅의 멘트에 여기저기서 밝은 웃음소리가 새어 나왔다.

그는 사람들이 점점 많아져 혼잡스러워지자 성금을 할 수 있도록 통로를 만들어 달라고 부탁했는데 사람들은 그의 지시에 순응해서 오래전부터 줄을 만든 상태였다.

원래의 모금함이 벌써 꽉 찼기 때문에 버스킹을 하던 남학생이 주변에서 박스를 여러 개 구해 왔지만, 돈이 든 박스가 5개가 넘자 학생들은 이제 포기 상태였다.

사람들은 줄을 서서 성금을 내고 있었는데, 천 원짜리는 찾아보기 어려울 정도였고 금액도 커서 만 원짜리가 바닥에 철철 넘치고 있었다.

＊　　　　＊　　　　＊

"너, 도대체 왜 이러니. 정말 나 죽는 꼴 보고 싶어?"

노래를 마치고 일어나 경호원들에게 둘러싸여 있는 이병웅을 향해 김윤호가 도끼눈을 부릅뜨고 소릴 질렀다.

기자들이 터뜨리는 카메라 플래시가 마치 별빛처럼 터지지만 않았어도 김윤호는 이병웅의 멱살을 잡았을지 모른다.

"학생들이 불우 아동들을 돕겠다는데 사람들이 전혀 관심을 보이지 않아서 도와줬을 뿐이에요."

"웃기지 마!"

"두영이 왔나요?"

"너 때문에 차가 막혀서 아직도 도로에 잡혀 있단다. 그냥 내 차 타고 가. 경호 팀, 뭐 해. 빨리 길 뚫어!"

버스킹이 끝났음에도 군중들은 꼼짝하지 않았는데, 마치 거대한 장벽에 막힌 것 같은 기분이 들었다.

더군다나 기자들의 극성은 경호 팀으로서도 어쩔 수 없을 만큼 끈질기고 지독했다.

"잠깐, 인터뷰를 해 주세요. 그냥 가면 어떻게 합니까!"

"이병웅 씨, 지금까지 기다린 기자들 생각도 해 주세요. 이대로 가면 우린 전부 죽습니다!"

아우성도 이런 아우성이 없다.

기자들은 목숨을 내던질 기세로 그의 앞을 가로막았는데 절대 이대로 보낼 수 없다는 간절함이 그들의 얼굴에 가득 차 있었다.

그랬기에 이병웅은 자신의 팔을 잡고 급히 빠져나가려는 김윤호의 손을 가만히 움켜쥐었다.

"그럼 10분만 인터뷰를 하겠습니다. 그 정도로 양해해 주시면 인터뷰에 응할게요. 괜찮으시겠어요?"

*          *          *

돈을 많이 버는 재벌이나 연예인들, 건물주, 고액연봉자들에 대한 서민들의 감정은 언제나 날이 서 있었다.

그게 자본주의의 특성이다.

자본주의는 양극화를 만들어 내고 상류층에 비해 하류층의 숫자가 현저히 많기 때문에 있는 자들에 대한 반감은 자연스러운 현상이다.

하지만 유독 이병웅에 대한 사람들의 호감도는 시간이 갈수록 좋아지기만 했다.

그가 이름을 날리게 된 계기가 지하철에서 노인을 구하는 것이었고, 남자의 자존심을 위해 한국 챔피언과 싸운 것, 광고로 번 돈 중 상당 부분을 결손가정 아이들을 위해 내놓은 사실이 계속 보도되었기 때문이었다.

최근에는 콘서트에서 번 돈 중 10억을 독거노인들 복지에 써달라며 기탁한 것이 화제가 되기도 했다.

그런 마당에 벌어진 홍대 버스킹은 사람들의 호감도를 또 한 번 상승시키는 계기가 되었다.

불우 아동을 돕기 위해 노력하는 학생들을 그냥 지나치지 못하고 나선 그의 행동에 사람들은 열렬한 지지를 보냈다.

이병웅의 홍대 버스킹은 수많은 화제를 양산했는데, 그가 입었던 수수한 옷차림은 물론이고 몰려든 관객 수, 주변 교통 망의 마비, 모금된 금액 등 셀 수 없을 정도였다.

그러나 가장 큰 화제는 이병웅이 마지막으로 부른 미발표 신곡 '이별의 시'였다.

극찬.

사람들은 이병웅이 부른 '이별의 시'에 매료되어 거대한 소란 속에서도 귀를 기울였는데, 현재 빌보드 차트 1위를 기록 중인 '헤어진 후'와 비견될 정도로 좋았다는 평가가 인터넷을 뜨겁게 달궜다.


*         *         *


"병웅 씨, 이러다가 국회의원에 출마해도 되겠다. 왜 자꾸 사람들을 감동시켜?"

"사람들 때문에 인기를 얻었으니 그만큼 보상을 해야지."

"중국 콘서트 때 번 돈의 절반을 또 내놨다며. 30억이나 된다던데 너무 많은 거 아냐?"

"괜찮아. 난, 노래를 하면서 번 돈은 전부 모아놨다가 사회를 위해 쓸 생각이야."

"왜?"

"이미지 메이킹. 돈을 아끼면 아낄수록 인기를 유지하기 힘들어. 물론 가수니까 노래로 승부를 봐야 하지만 사회에 대한 배려를 하지 않으면 언젠가는 부메랑이 되어 그 인기가 날 힘들게 할 거야."

"정말 대단해. 언제 봐도 병웅 씨는 내 상식을 뛰어넘어. 나이는 내가 훨씬 더 많은데 병웅 씨가 나보다 더 성숙한 것 같아. 그래서… 난 병웅 씨가 너무 좋아."

정설아는 벗은 몸을 숨기지 않은 채 손을 들어 이병웅의 가슴에 올렸다.

그러다가 천천히 올라와 얼굴을 하나씩 더듬었다.

그 손길에 담겨 있는 건 흥분이 아니라 이별에 대한 아쉬움과 슬픔이었다.

"이제 내일이면 정말 가는구나. 아주 멀리……."

"미안, 하지만 아주 가는 거 아니잖아."

"나 가슴이 아파. 병웅 씨를 볼 수 없다고 생각하면 자꾸 눈물이 나와."

"울지 마. 바보처럼 왜 그래."

이병웅이 손을 들어 어느샌가 그렁그렁해진 그녀의 눈물을 닦아 주었다.

정설아는 요즘 들어 자주 울었다.

시간을 기약하지 않고 떠나는 이병웅과의 이별이 견디기 어려워 눈물을 숨기지 못했다.

"누나, 난 누나와 떨어져 있어도 항상 누나 생각을 할 거야. 그러니 너무 슬퍼하지 않았으면 좋겠어."

"응."

"우리가 만든 회사들 잘 관리해 줘. 당장 성과를 내긴 어렵겠지만 성공만 하면 우린 황금 알을 낳는 거위를 손에 넣을 수 있어."

"걱정하지 마. 중요한 연구 성과가 나올 때마다 알려 줄게."

"이번에 미국에 가면 철욱이가 준비한 회사들을 곧바로 인수할 거야. 그러니까 계획한 대로 그 숫자에 맞춰 회사들을 준비해야 돼."

"난 정말 그건 이해 안 가. 미국 회사를 인수하면서 왜 우리나라에도 회사를 만들려고 하지?"

"투 트랙 전략. 난 미국의 기술을 대한민국으로 가져와서 발전시킬 생각이야."

"그건 기술 도둑… 헉!"

정설아가 말을 하는 순간 이병웅의 손이 내려와 그녀의 가슴을 움켜쥐었다.

그녀가 말을 끝내지 못하고 신음을 지른 건 그의 손에 반응하면서 뜨거운 자극이 피어났기 때문이었다.

"난 도둑이 아니야. 투자를 해서 그 기술의 주인이 되었는데, 그 기술을 한국으로 가져오는 게 왜 도둑이지?"

"으응… 뭐 하러 돈을 이중으로 들여. 미국에서 계속 개발하면 되잖아?"

"대한민국은 4차 산업 분야가 선진국에 비해 하찮을 정도로 뒤처져 있어. 4차 산업의 특성은 경쟁자를 두지 않는다는 거야. 기존의 제조업은 경쟁을 통해 성장 발전 하지만 4차 산업의 기술들은 선도 업체가 모든 세계시장을 장악하게 돼."

"아… 그래서……."

"맞아, 난 4차 산업의 중요 기술들을 대한민국에서 개발하려고 해. 지금 미국 기업들을 인수하는 건 그런 초석을 마련하기 위한 작업일 뿐이야."

"병웅 씨, 그게 가능할까?"

"안 되면 되게 만들어야지."

"지금까지 정부에서조차 하지 못했던 일들을 왜 병웅 씨가 해?"

"정부는 전략적인 선택을 할 수 없어. 우리나라 정부는 정치와 밀접하게 연동되어 있고 정치는 수많은 이권과 밀착되어 있거든. 정부도 4차 산업이 중요하다는 걸 알아. 그래서 대기업들에게 투자하도록 강권하고 있지만, 대기업은 눈앞의 이익에만 연연해서 흉내만 내고 있어. 이대로라면 우리나라 4차 산업의 앞날은 절망적이야."

"그럼 대한민국을 위해 나서는 거야?"

"그럴 리가. 누나는 내가 그렇게 이상주의자로 보여?"

"지금까지 병웅 씨가 하는 행동을 보면 그렇게 보이는데… 아니란 말이야?"

정설아는 이병웅과의 대화가 점점 진행되자 어느덧 흘렸던 눈물을 지운 채 호기심으로 가득 찼다.

그동안 미국의 첨단 과학 분야의 기업들을 인수한다고 했을 때 반대를 많이 했다.

첨단 과학 분야의 기업들은 성장 동력이 창창하지만 당장 벌어들이는 이익을 기존 제조 업체에 비해 훨씬 적었기 때문이었다.

그럼에도 이병웅은 그녀의 반대에도 눈 하나 깜짝하지 않왔다.

"4차 산업 분야는 10년 정도 흐르면 세계의 중심으로 성장할 거야. 그때부터는 아무도 못 말려. 그래서 투자하는 거야."

"그러니까, 그 이유라면 굳이 따로 돈을 들여서 한국으로 가져올 필요가 없잖아?"

"휴우… 두려움 때문이지. 내가 열어 놓은 판도라의 상자가 어떻게 움직이게 될지 나는 무서워. 만약, 연준에서 판도라의 상자를 제대로 닫지 않는다면 세계는 잠시 위기를 봉합할 수 있겠지만 결국 재앙의 길로 다가가게 돼. 만약 그런 경우가 발생하면 한국은 후진국 신세를 면치 못할 거야."

"나는 무슨 말인지 모르겠어."

"지금은 알 필요 없으니까 복잡한 이야기는 그만하자. 누나, 나 아직 힘 남았는데 한 번 더 할까?"

"아이, 그런 걸 왜 물어……."

이병웅의 손아귀에 힘이 더해지자 정설아가 가볍게 얼굴을 찡그리며 얼굴을 붉혔다.

그녀의 눈에 담겨 있는 열기.

내일의 이별 때문인지 수수께끼에 대한 궁금증을 뒤로 하고 그녀는 금방 품속으로 파고들었다.

그의 온기를 가슴에 꼭 간직하려는 듯.

이병웅은 그런 그녀를 안으며 천천히 얼굴을 쓰다듬었다.

미안, 누나.

누나를 남기고 떠나서 정말 미안해.

하지만 내가 늘 말한 것처럼 나는 누군가의 구속에 사로잡혀 자유를 억압당하는 사람이 아니란 걸 알아줬으면 좋겠어.

그러니, 누나.

내가 없는 동안 괜찮은 남자를 만나서 자유롭게 날아가길 바라.


\*           \*           \*


미국으로 떠나는 날.

부모님께 절을 하고 집을 나설 때 엄마는 눈물로 그를 배웅했다.

하나밖에 없는 아들이 세계 최고의 대학으로 유학을 떠난다는 기쁨보다 헤어짐의 슬픔이 훨씬 더 컸던 것 같았다.

그런 엄마를 향해 웃음을 보여 주었다.

이별의 아쉬움이 왜 없을까.

그럼에도 웃음을 보일 수 있었던 건 이번의 이별이 최고가 되기 위한 발판이 될 것이라 확신했기 때문이었다.

공항에는 또다시 수많은 기자들과 팬들이 몰려들었다.

그런 그들을 향해 잘 다녀오겠다는 인사를 한 후 비행기를 타고 미국으로 향했다.

하지만 미국의 상황 또한 만만치가 않았다.

뉴욕 공항에도 500여 명의 팬들이 몰려들었고, 미국 유수의 언론 기자들이 이병웅을 취재하기 위해 마중 나온 상태였다.

기자들과의 짧은 인터뷰를 마치고 숙소로 향했다.

김윤호는 뉴욕 외곽에 아예 고급 주택을 렌트했는데, '창공'의 뉴욕 지부도 동시에 마련했다고 들었다.

아주 작정한 게 틀림없었다.

얼마나 오랜 기간 미국에 머물지 알 수 없었으나 이병웅의 주 무대가 미국으로 이동되었기에 그를 따라 '창공' 쪽에서도 꽤 많은 인원이 넘어왔다.

*　　　　　*　　　　　*

하루를 쉬고 월가로 나가 홍철욱을 만났다.

한국에서는 그가 나타나면 누구나 알아보고 걸음을 멈췄지만, 미국에서는 아직 그를 알아보는 사람이 적었다.

미국인들에게 동양인들의 외모는 전부 비슷비슷했기에 무대가 아닌 이상 그를 알아보기 힘들었을 것이다.

"자료는?"

"여기, 사전 검토를 통해 10개로 압축했어. 네가 말한 대로 4차 산업의 주요 근간이 되는 기술을 보유한 회사들이야."

홍철욱이 내민 자료는 두툼했는데, 한 손으로 들기 어려울 정도였다.

"뭐가 이렇게 두꺼워."

"이것도 요약본만 가져온 거야. 세부 자료는 회사에 있는데 10박스도 넘어. 일단 이것부터 봐. 10개 회사의 특징과 인수 가능 금액, CEO의 약력, 현재의 경영 상태 등이 담겨 있어."

"오케이."

다행스럽게 홍철욱은 서류 한쪽에서 5페이지 분량의 서류를 별도로 꺼내 앞으로 내밀었다.

그는 4차 산업 관련 회사들의 인수를 준비하라면서 5가지 분야를 제시했다.

인공지능, 빅데이터, 로봇, 스페이스 비전, 가상현실이 바로 그것이었다.

홍철욱이 내민 서류에 담겨 있는 회사들의 이름은 생소했다.

당연한 일이다.

4차 산업 분야는 그의 전공이 아니었고 관심의 대상이었지만, 세부적으로 파고들 시간이 없었다.

그러나 한 가지는 확실했다.

그들의 재무 상태를 확인해 본 결과 결코 버틸 수 없을 정도로 엉망이란 것.

"얘들이 지닌 기술의 정도는 확인해 봤어?"

"내가 뭘 알겠냐. 네가 시킨 대로 제시카의 힘을 빌렸지. 여기 추린 기업들은 제시카가 전문가들의 도움을 받아서 압축한 것들이야. 그 서류를 작성하느라 제시카가 엄청 고생했어."

"나중에 밥 한번 사야겠네."

"병웅아, 도대체 제시카와는 무슨 사이냐. 어떤 사인데 이런 생고생을 마다하지 않냐고?"

"100만 달러나 주고 고용했다. 말 안 하디?"

"헉, 정말이야?"

"내가 왜 거짓말을 하겠냐. 이제 말하지만 제시카는 미국 최고의 로비스트야."

"로비스트?"

"그래."

"어쩐지 모르는 게 없더라. 얼굴도 엄청 예쁘고……."

제시카의 정체를 알게 된 홍철욱이 한숨을 길게 내리 쉬며 눈깔을 부릅떴다.

뭐 하는 사람이냐고 수도 없이 물어도 그냥 웃기만 했는데,

막상 정체를 알게 되자 놀라움을 숨기지 못했다.

이병웅이 그녀에게 100만 달러를 준 건 사실이었다.

통화 스와프를 성공한 후 정부로부터 200만 달러가 통장으로 날아온 건 한 달이 지났을 때였다.

그 돈의 절반을 떼어 제시카에게 주었다.

앞으로 부탁을 할 게 많으니까 선금이라며 주었는데 받지 않으려는 그녀를 설득하느라 꽤나 고생했다.

아마, 그녀는 홍철욱의 말대로 2달간 무진 애를 썼을 게 분명했다.

그녀 역시 4차 산업에 관한 건 몰랐을 테니 전문가들을 끌어모아 분석하고 데이터를 작성하느라 상당 비용을 지불했을 것이다.

"제시카가 전문가를 동원해서 분석한 자료라면 믿을 만해. 어디 보자. 10개의 기업을 인수하는데 들어가는 비용이 1억 달러 조금 넘는군. 여기 전문가들 의견란에 보니까 상당한 기술을 보유한 것으로 적혀 있네. 이 정도면 공짜나 다름없어."

"병웅아. 1억 달러면 우리나라 돈으로 1,000억이다. 내가 궁금해서 거기 있는 회사들 중 2군데를 가봤는데 구멍가게나 다름없었어. 이건 완전히 미친 짓이야."

"네 눈에는 이게 안 보여?"

"뭐가?"

"부도난 이유 말이다. 여기 적혀 있는 놈들. 미국에서 방귀깨나 뀐다는 투자 전문펀드들이 전부 달라붙었다가 손을 뺐잖아. 이게 뭘 말하는지 정말 모르겠어?"

"가능성?"

"그래 맞아. 내가 봤을 때 금융 위기가 와서 투자 전문펀드들이 작살나지 않았다면 이 회사들은 펄펄 날아갔을 거다. 그만큼 미래 성장 동력을 확실하게 가지고 있는 놈들이니까."

"헐!"

"제시카는 뭐래?"

"네가 와서 오케이 사인만 내면 바로 인수 절차에 착수하겠다고 했어. 회사들도 부도가 난 상태라 새 주인을 간절하게 기다린다네. 그래서, 인수하는 데는 어려움이 없을 거란다."

"그렇다면 바로 제시카를 만나봐야겠군."

"그냥 간다고? 오랜만에 만났는데 밥도 안 먹어?"

"식사는 나중에 하자. 급한 일 먼저 끝내 놔야지."

"나도 가?"

"아니, 넌 회사에 들어가서 대기해. 할 일 많잖아."

"하아, 이놈이 악덕 기업주 흉내를 내네. 야, 네가 시킨 대로 레버러지와 주식들을 매수하느라 미친놈처럼 1달 넘게 야근을 했는데 수고했다는 말은 안 하고, 오랜만에 만났는데 밥도 안 사 줘!"

"하하… 이 자식아. 네가 얼마나 고생했는데 밥 가지고 되겠니. 최소한 쭉쭉빵빵 여자들 나오는 고급 클럽 정도는 모셔야지."

"언제?"

"나, 어제 왔다."

"쳇, 기약 없이 기다리란 뜻이군. 됐다, 이 새끼야."


*       *       *


전화를 하자 제시카는 뛸 듯이 반갑게 맞아주었다.

수화기를 통해 이병웅의 음성이 날아오자 그녀는 반가움을 이기지 못해 목소리가 떨렸는데 빨리 보고 싶다는 말을 5번이나 했다.

한국에서 출발하기 전 미리 간다는 이야기를 해 줬기 때문에 그녀는 오늘 일정을 비운 채 기다리는 중이었다.

맨션에 도착해서 안으로 들어갔을 때 제시카는 맨발로 뛰어나와 그대로 이병웅의 품에 안겼다.

"달링, 너무 보고 싶었어."

"나도 그래."

뜨겁게 퍼붓는 키스.

이미 그녀의 몸은 뜨겁게 달아오른 상태였다.

흥분한 여자에게 일에 관한 이야기를 한다는 건 예의에 어긋나는 짓이다.

그랬기에 이병웅은 그녀를 안고 곧장 침실로 이동한 후 2시간 가까이 뜨거워진 그녀의 몸을 풀어주었다.

"하악, 하악……."

지칠 대로 지친 그녀를 안은 채 이병웅은 빙그레 미소를 지었다.

누구보다 냉철하고 이성적이었던 제시카는 예전처럼 그의 품에서 무방비 상태로 널브러졌다.

"제시카, 내 부탁을 들어줘서 고마워."

"난 병웅 씨가 원하는 건 뭐든 할 수 있어. 그러니까 고맙다는 말은 하지 마."

"오기 전에 제시카가 만든 서류들을 봤어. 전문가들한테 의뢰해서 작성했다던데 누구한테 부탁한 거야?"

"그 분야의 최고들한테. 음… MIT공대의 리챠드 교수, 석좌교수 마이클을 비롯해서 구글의 엔지니어치프 토머스 등 20여 명한테 의견을 받았어. 재무 쪽은 모건 스탠리 쪽과 , S&P가 실사했어."

"인수 자금이 1억 달러나 되던데 제시카는 어떻게 생각해?"

"재무 쪽 의견을 받아서 일단 그렇게 써놨지만 내 생각에는 상당액을 후려칠 수 있을 것 같아. 지금은 살아남기 바빠서 그 누구도 그 회사들을 쳐다보지 않거든."

"그 회사들은 상당한 투자를 받아서 운용했었는데 투자 자금이 전부 빠져나갔더라. 자금이 빠져나갔으니 부도가 나는 건 당연한데, 지금 회사 상태는 어때?"

"소수의 핵심 인력만 남아 있는 상태야. 나머지 연구진은 뿔뿔이 흩어졌고."

"우리가 인수를 안 한다면?"

"애플이나 MS, 구글 같은 회사한테 기술을 팔아먹고 끝내겠지. 야망이 있어도 버틸 자금이 없다면 허황된 꿈에 불과할 테니까."

"제시카, 난 솔직히 그 회사들의 기술이 어느 정도 진척된 건지 모르겠어. 전문가들의 평가는 정확히 어때?"

"걔들이 그쪽 분야 기술에선 최고라지만, 아직 실용화하려면 한참 멀었다는 게 전문가들의 평가였어. 내가 봤을 때도 그래. 달링이 말한 기술들이 본격적으로 적용되려면 최소 10년은 넘게 걸릴 거야."

"아무래도 그렇겠지. 신문명을 창조하는 게 단시간에 이뤄질 리는 없잖아."

"내 말이… 그런 걸 알면서 왜 그 회사들을 인수하려고 해?"

"재미있을 것 같아서. 미래를 내다보는 투자는 흥분과 기대를 동반하거든."

반만 가르쳐 주었다.

'밀애'에 당한 이상 제시카가 배신할 일은 없겠지만, 그들이 보유한 기술들을 통째 한국으로 가져갈 거란 사실을 굳이 할 필요가 없었다.

이병웅은 그녀와 저녁 식사를 같이 한 후 본격적으로 홍철욱이 넘겨준 서류를 펼쳐 놓고 제시카와 의논을 나누었다.

1,000억이나 들어가는 프로젝트.

섬세하고 완벽주의를 추구하는 제시카가 온힘을 기울여 진행했겠지만 미래를 사는 이 프로젝트를 그냥 대충 넘길 생각은 눈곱만치도 없었다.

얼마나 시간이 지났을까.

마지막 장까지 검토를 마친 이병웅이 제시카를 바라보며 미소를 지었다.

"역시 제시카다워. 서류에 담긴 모든 내용이 완벽하네. 정말 놀라워."

"칭찬 고마워. 하지만 그 정도는 기본인걸. 미국 최고의 로비스트가 그냥 얻어지는 건 아니거든."

"돈 많이 들었지?"

"우리 팀 전부가 두 달 가까이 달라붙어, 추진했고 전문가들한테 비용을 지불하느라 거액이 든 건 사실이야."

"얼마나?"

"70만 달러."

"그 돈 내가 줄게."

"싫어. 이미 받았잖아. 그리고 난 달링한테 돈 받는 거 정말 싫어."

"뉴욕에 철웅이가 와 있지만 회사 인수에 관한 건 잘 몰라. 그래서 제시카가 인수 과정을 전부 추진해 줘야 해. 그런 일을 하게 되면 추가로 비용이 들어갈 거야. 그러니까 받아."

"그래도 괜찮아. 좋아하는 사람을 위해 그 정도는 충분히 해 줄 수 있어."

"그럼 어떻게 보상해 줄까?"

"학교 때문에 바쁘겠지만, 시간 날 때마다 안아 줘. 그렇게 만 해 준다면 매일 보고 싶어도 참을게."

"이렇게?"

"아잉……."

이병웅이 그녀의 허리를 끌어당기자 제시카가 비음을 흘리며 자연스럽게 안겨왔다.

그녀의 온몸은 이병웅의 손길이 닿을 때마다 즉각적으로 반응했는데 정교하게 조율된 악기처럼 느껴질 정도였다.

＊　　　　＊　　　　＊

NBC의 '더 투나잇 쇼'는 미국에서 제일 인기가 높은 토크 쇼로 사회자는 유명한 토크 달인 제이 레노였고 정치, 사회, 경제 등 사회의 명망 있는 인사를 초청해서 만담 형식으로 진행된다.

오늘 초청자는 저명한 민주당 상원의원 게리 콜과 아메리카 보이스의 악질평론가 케인 하퍼였다.

제이 레노는 1부 형식으로 진행된 토크에서 현재의 미국 정치 상황을 콕콕 집어내며 게리 콜을 당황시켰기 때문에 관객들의 뜨거운 호응을 끌어냈다.

게리 콜이 떨떠름한 표정을 지으며 퇴장한 이후 제이 레노가 어깨를 으쓱하며 우스꽝스러운 표정을 지었다.

미국 정치의 허술함을 계속 집어내어 공격했는데, 게리 콜이 방송 중임에도 불쾌한 표정을 나타냈지만 관객들에겐 박수갈채를 받았기 때문이었다.

관객들의 박수가 잦아지자 제이 레노가 두 번째 토크 손님인 케인 하퍼의 이름을 호명했다.

케인 하퍼.

음악 평론가 중에서 최악으로 평가받는 남자.

그럼에도 그가 대중들에게 어필할 수 있던 것은 음악에 대한 조예가 뛰어났고 그의 독설이 대중들에게 짜릿한 흥분을 선사했기 때문이었다.

"어서 오십시오. 하퍼 씨, 오늘도 독설을 퍼부을 준비가 되셨나요?"

"나는 함부로 독설을 하는 사람이 아닙니다. 자격이 안 되는 사람에게만 직설적인 평가를 할 뿐이죠."

"호오, 그게 그 말로 들리는데요."

"엄연히 다른 겁니다. 음악 평론가는 감정에 치우지면 안 된다는 것을 늘 고집했기에 사람들이 그런 평가를 하는 것 같습니다."

"하하… 알겠습니다. 일단 화면을 보신 후 토크를 이어 나가겠습니다."

제이 레노가 수긍한다는 듯이 고개를 끄덕인 후 그의 뒤편에 준비된 화면을 통해 공항의 모습이 잡혔다.

그런 후 열광하는 팬들과 이병웅이 공항에서 인터뷰하는 장면들이 고스란히 관객들에게 전달되었다.

쇼를 관람하기 위해 들어온 관객석 여기저기서 이병웅의 모습이 화면에 잡히자 비명과 탄성이 동시에 울려 퍼졌고, 그 모습을 본 제이 레노가 기묘한 웃음을 지으며 입을 열었다.

"하퍼 씨, 이틀 전 '헤어진 후'로 연속 5주 빌보드 차트 1위를 차지한 코리아의 이병웅 씨가 미국으로 들어왔습니다. 이 장면은 그의 팬클럽 BWL 회원들이 열렬하게 환영하는 건데요. 정말 뜨거운 반응인 것 같습니다. 하퍼 씨, 단도직입적으로 묻겠습니다. 이병웅 씨를 뮤지션으로 어떻게 생각하십니까?"

"글쎄요. 솔직히… 저는 그를 뛰어난 뮤지션으로 생각하지 않습니다."

"어허, 그런가요. 혹시 왜 그렇게 생각하는지 물어봐도 될까요?"

"보시는 것처럼 그의 팬들은 대부분 여자들입니다. 제가 봤을 때 그는 노래 실력보다 잘생긴 외모 때문에 많은 인기를 얻었다고 생각합니다."

"많은 전문가가 그가 부르는 노래의 감성이 특별하다고 평가하는데요. 하퍼 씨는 동의하지 않는 모양이군요."

"그렇습니다."

"이병웅 씨의 기타 실력에 대해서는 어떻게 평가하십니까?"

"그 정도의 기타 실력을 가진 뮤지션은 백사장의 모래알처럼 많습니다. 그 역시 특별하다고 생각하지 않습니다."

"그러니까, 하퍼 씨는 미스터 리가 잘생긴 얼굴과 탄력 있는 엉덩이로 여자들을 유혹했을 뿐이란 거죠?"

"인기를 얻는 방법은 많습니다. 외모든, 춤 솜씨든, 특유의 리듬감이든 대중들에게 어필할 수 있다면 스타가 될 수 있습니다. 그렇다고 해서 그들이 전부 진정한 뮤지션으로 평가받는 건 아닙니다."

"결국 하퍼 씨의 관점에서 봤을 때 이병웅 씨는 진짜 뮤지션으로 보기 어렵다는 뜻이군요?"

"저는 그렇게 생각합니다."

제27장
불후의 싱어

　'창공'이 미국 측과 이병웅의 출연을 협상한 곳은 ABC의 '앨런 쇼'와 CBS의 '지미 킴멜 쇼', 그리고 마지막으로 NBC의 '더 투나잇 쇼'였다.

　미국은 한국처럼 음악 프로그램이 없어 가수들이 줄줄이 나와 공연하는 장면을 텔레비전에서 볼 수 없다.

　대신 쟁쟁한 MC들이 진행하는 토크쇼가 인기리에 방송되는데, 위에서 말한 프로그램이 미국의 3대 메이저 토크 프로그램이었다.

　미국 유명 스타들이 토크쇼에 출연하는 게 꿈이라 할 정도였으니, 이들의 위상이 어느 정도인지 알 만했다.

그만큼 미국에서 이병웅의 인기는 뜨거웠다.

메이저 방송국뿐만 아니라 뉴욕을 비롯해서 지역 방송국까지 모든 연줄을 동원해서 '창공'과 접촉을 시도했지만 김윤호는 모든 연줄을 끊어내고 이병웅의 위상에 맞는 프로그램을 선택했다.

"저 개새끼, 미쳤구먼. 저런 씨발 놈이 평론가란 호칭을 얻고 있다니 미국 놈들 정신 구조를 도대체 이해할 수 없어."

"저런 걸 재미있다고 생각하니까요. 미국인들은 우리나라처럼 눈치를 보지 않아요. 그래서 현상을 보면서 직설적으로 말하는 게 인기를 끌죠."

"넌, 지금 저 새끼 하는 말이 맞다고 생각하는 거야?"

"어머, 미국 사람들 정신 구조가 그렇다는 건데 왜 저한테 화를 내세요. 우리 사장님은 꼭 병웅 씨한테 불리한 이야기만 나오면 성질을 내시더라."

"얘는 내가 언제 화를 냈다고……"

"지금 냈잖아요!"

김윤선이 입술을 삐죽이며 고개를 확 돌렸다.

그녀는 이번에 '창공'이 미국 지부를 개설하면서 총괄 기획을 맡은 책임자였는데, 영어가 원어민 수준으로 유창했고 콘서트 기획에 특출한 능력을 지닌 전문가였다.

'창공'에서 벌써 7년이나 같이 호흡을 맞춰 온 사이였기 때문에 김윤호와는 격의 없이 지내는 사이였다.

둘이 투닥거리는 모습을 보면서 이병웅이 풀썩 웃었다.

코미디가 따로 없다.

지금 방에는 이병웅을 비롯해서 김윤호와 김윤선, 그리고 정두영이 함께 앉아 텔레비전을 보고 있는 중이었다.

정두영은 영어를 할 줄 몰랐기 때문에 눈만 껌벅이고 있었지만, 나머지 사람들은 하퍼의 독설을 들으며 인상을 박박 긁고 있었다.

케인 하퍼는 눈 하나 깜짝이지 않고 이병웅에 대한 독설을 이어 나갔는데, 뮤지션으로서의 가창력을 다른 가수들과 비교하며 그가 특별하지 않다는 걸 계속 주장했다.

결국 그의 결론은 오직 하나.

특별한 가창력 없이 외모에 의존해서 상상치 못한 인기를 얻었다는 것이 그의 평가였다.

"NBC, 이 새끼들 고의적으로 보이지? 저 프로그램에 네가 나가는 걸 뻔히 알면서 일부러 케인 하퍼를 출연시킨 거 아냐?"

"더 투나잇 쇼의 진행자 제이 레노는 인종차별주의자로 유명한 사람이죠. 분명 이번 일은 그가 꾸민 일일 겁니다."

"아무리 그래도 그렇지. 방송국 이 새끼들은 뭐 하는 거냐고. 간이라도 빼줄 듯이 살살거리며 출연해 달라고 사정하더니 엿 먹으라는 거야, 뭐야!"

"사장님, 우리 저기엔 출연하지 맙시다."

"응?"

"어디 기분 나빠서 출연하겠습니까. 인종차별이나 하는 자가 진행하는 토크쇼에 출연해서 얻을 게 없잖아요."

"그게… 지금은 곤란해. 이미 계약이 전부 끝나서 펑크 나면 위약금을 물어야 돼. 여긴 우리나라와 달라서 위약금 규모가 엄청 커."

"호오, 우리 사장님 방방 뜨면서 화를 내시더니 금방 돈 생각하시네."

이병웅이 빤히 쳐다보자 김윤호의 얼굴색이 시커멓게 죽었다.

진짠가?

만약 이병웅이 진짜 화가 나서 안 나가겠다고 버틴다면 '더 투나잇 쇼'의 출연은 나가리가 될 수밖에 없다.

그렇게 될 경우.

'창공'은 엄청난 위약금을 물게 될 것이고, 상당한 대미지를 입게 될 것이다.

그랬기에 김윤호는 이병웅의 눈치를 보면서 진의를 파악하기 위해 열심히 눈을 굴렸으나 다행스럽게 이병웅의 얼굴엔 미소가 담겨 있었다.

"위약금 안 물어도 될 겁니다."

"출연 안 한다며?"

"다른 방법이 있으니까 NBC 측에서는 위약금 얘긴 안 할 거예요."


*        *        *


미국 방송국의 출연은 미국으로 들어온 다음 주부터 잡혀 있었는데, ABC와 CBS는 이병웅의 출연 소식을 한 주 내내 예고 방송 때릴 정도로 정성을 쏟았다.

그러나 3대 메이저 방송국중 하나인 NBC는 이병웅이 들어 왔음에도 다른 방송국과 다르게 아무런 액션을 취하지 않았다.

제이 레노가 진행하는 '더 투나잇 쇼'에서 케인 하퍼가 출연 해 지독한 독설을 퍼부은 후 NBC는 엄청난 항의 전화에 시달렸다.

충성도 면에서 봤을 때 세계 최고라는 이병웅의 공식 팬클 럽 'BWL'의 회원들이 벌 떼처럼 들고 일어나 NBC를 초토화시 켰던 것이다.

더불어, 인터넷상에도 NBC와 케인 하퍼를 성토하는 글이 봇물을 이루었다.

미국과 한국은 물론이고 전 세계의 'BWL' 회원들과 이병웅을 좋아하는 팬들이 NBC의 불순한 의도와 케인 하퍼의 무례함을 비난했는데, 그 충격이 상당 기간 지속되었다.

그럼에도 NB C측에서는 침묵으로 팬들의 비난이 진화되기를 기다리는 악수를 두었다.

무성한 소문.

ABC와 CBS가 현재 세계에서 가장 핫한 월드 스타 이병웅의 출연을 성사시킨 성과를 얻었음에도 NBC만 빠진 것은 '더 투나잇 쇼'가 결정적인 영향을 미쳤다는 것이 대중들의 생각이었다.

*            *            *

이병웅이 스튜디오로 들어서자 방청객석에 앉아 있던 모든 관객들이 일어서며 환호와 박수갈채를 보냈다.

간절히 기다렸던 이병웅의 출연에 관객들은 떨리는 가슴을 주체하지 못했다.

이번 방청권을 얻기 위해 미국 팬들은 로또 같은 경쟁을 치러야 했다고 들었다.

ABC 측은 기존의 방송국 스튜디오를 변경해서 1,000명이 입장할 수 있는 대형 홀로 장소를 바꿨는데 입장권 중 500장만 일반 경쟁을 통해 나눠 줬고 나머지 500장은 저명인사와 광고주, 방송국 내부 인사들에게 뿌렸다고 전해졌다.

이병웅이 무대로 나와 정중하게 인사를 하자 일어서서 기다리던 앨런이 반갑게 다가와 포옹을 했다.

앨런은 미국에서 가장 영향력 있는 토크 진행자로 방송인에게 주는 에미상을 11회나 수상했는데, 한 해 수입이 한화로 800억에 달했다.

현재 나이 52세의 여성.

레즈비언으로서 4년 동안 연애 끝에 결혼까지 함으로써 사회적으로 엄청난 파장을 불러일으킨 주인공이기도 했다.

"이병웅 씨, 만나서 정말 반가워요. 매번 뮤직비디오만 보며 잘생겼다고 생각했는데 실물로 보니 더욱 멋있군요. 여러분, 그렇지 않나요?"

앨런의 질문에 방청석이 뜨겁게 달아올랐다.

토크석 뒤쪽에 설치된 화면에서 이병웅의 대형 브로마이드가 하나씩 지나가다 앨런과 포옹하는 장면을 클로즈업했기 때문이었다.

초대석에 이병웅을 앉힌 앨런의 시선은 기대감과 흥분으로 가득 차 있었는데, 관객석의 뜨거운 반응에 잔뜩 고무된 것 같았다.

"이병웅 씨, 현재 6주 연속 '헤어진 후'가 빌보드 차트 1위를 달리는 중이고, 후속곡인 '청춘'마저 2위까지 치솟은 상태인데 요. 이런 결과는 빌보드 차트 역사상 한 번도 없었던 일이에 요. 이병웅 씨는 이런 인기 비결이 뭐라고 생각하세요?"

"'헤어진 후'는 연인과의 이별에 대한 지독한 슬픔이 담긴 곡이고, '청춘'은 젊은이들의 좌절과 고통에 대한 노래입니다. 이런 아름다운 감성이 대중들에게 어필된 게 아닌가 생각되 네요."

"공부 잘하시죠?"

"무슨 말씀이신지……."

"틀에 꽉 짜 놓은 정답 수준의 대답이라고 생각하지 않나 요. 그런 것 말고 솔직히 말해 보세요. 대중들의 폭발적인 인 기란 게 노래만 좋다고 생기는 건 아니잖아요."

역시 토크쇼의 달인답게 정곡을 찔러왔다.

그녀의 말대로 빌보드 정상을 차지한다는 건 단순히 노래 만 좋다고 생기는 건 아니다.

당연히 그녀가 듣고 싶어 하는 정답을 안다.

그가 현재 빌보드를 6주 연속 휩쓸고 있는 것은 여자들의 절대적인 지지가 있었기 때문이고, 그 원인은 결국 '밀애'에 있 다.

자신의 외모는 시간이 갈수록 완벽을 더해 갔는데, 특히 여 자들은 그녀의 시선과 부딪치는 순간 금방 넋이 나갈 정도의 호감을 느꼈다.

그럼에도 그의 입에서는 다른 이야기가 나왔다.

"정말 어려운 질문이네요. 세상에는 수많은 뮤지션이 있고 그들마다 장점과 특징들이 있다고 생각해요. 많은 분들은 저의 장점을 감성이라고 말씀해 주시더군요. 아마, 그런 감성이 어필하지 않았나 생각합니다."

"혹시, 화제가 되었던 더 투나잇 쇼를 보셨나요?"

"네, 봤습니다."

"뭐, 솔직히 질문할게요. 워낙 말도 많고 탈도 많았기 때문에 대중들도 알고 싶어 할 테니 조금 무례해도 이해해 주세요. 거기서 케인 하퍼 씨는 이병웅 씨의 인기가 외모 때문이라 단정했고, 나 역시 어느 정도 동의합니다. 물론 이 발언이 이병웅 씨의 팬들에게 성토당할 수 있겠지만 물어보지 않을 수 없네요. 이병웅 씨는 자신의 외모가 특별하다고 생각하지 않나요?"

"그분이 제 외모 때문에 인기를 얻었다고 발언한 것에 대해 부정할 생각은 없습니다. 하지만 방금 말씀드린 것처럼 세상에는 잘생긴 사람들이 하늘의 별처럼 많은데, 그런 사람들이 모두 빌보드 차트의 정상을 차지한 건 아니죠. 저는 제 외모가 가수로서의 성공에 작은 일부분이라고 생각할 뿐입니다."

"그렇군요. 그래도 난 인정하지 못하겠어요. 나이가 52살이나 되었고 레즈비언인 나 역시 이렇게 가까이 있으니까 막 떨리는데, 다른 여자들은 오죽할까요. 혹시, 사귀는 사람 있나요?"

"아뇨, 아직 없습니다."

"하아, 절대 믿을 수 없는 말이에요. 토크를 진행하기 위해 이병웅 씨에 대해 알아봤는데 전혀 스캔들이 없더군요. 그럼에도 막상 이병웅 씨하고 마주 앉은 지금 도저히 믿을 수 없어요. 방청객 여러분, 이렇게 멋진 남자를 여자들이 왜 지금까지 가만뒀죠? 혹시, 여러분 중 이병웅 씨한테 대시하실 분 없나요?"

그녀의 질문에 방청석이 난리가 났다.

대부분 이곳에 온 방청객들은 여자들이었다.

당연한 일.

저명인사나 대형 광고주들, 방송국 내부에 뿌린 방청권까지 몇몇을 빼고는 그들의 딸들이나 아내들에게 돌아갔으니 방청석이 여자들로 바글거리는 건 당연한 일이었다.

방청석에서 난리가 난 상황을 앨런은 잠시 동안 즐겼다.

자신의 진행에 의해 방청석이 난리 났다는 건 텔레비전을 지켜보는 시청자들 역시 마찬가지란 뜻이었기 때문이었다.

"아까, 잠시 말한 것처럼 이병웅 씨는 가수 이전에 수재로 알려졌는데, 이번 미국에 들어온 이유가 와튼스쿨에서 공부하는 것 때문이죠?"

"그렇습니다."

"정말 이해가 안 되는데, 세상을 들었다 났다 할 정도로 인기를 얻은 가수가 공부를 하려는 이유는 뭐죠?"

"꿈을 이루기 위함입니다. 경영학을 전공하면서 와튼스쿨에 가는 것이 제 꿈이었습니다."

"모든 사람들이 궁금해하는 건데요, 그렇다면 공부를 하는 동안 가수 생활은 중단하는 건가요?"

"아닙니다. 저는 방학 동안 계속 콘서트를 계획 중입니다."

"와튼스쿨은 전력을 다해도 졸업하기 어렵다고 알려진 명문 중의 명문이에요. 그게 가능하다고 생각해요?"

"저는 가능하다고 생각합니다."

그 후로도 앨런은 농담을 섞어 가며 대답하기 어려운 질문들을 이어 나갔다.

그녀는 여자를 사귀지 않는다는 이병웅의 대답을 물고 늘어지며 섹스를 해 봤냐는 것부터, 잠자리의 외로움에 대해 물으며 방송 수위를 넘나들었고 한국에서의 자선 행동이 보여 주기 위한 쇼맨십이 아니냐는 질문과 수많은 화제를 뿌렸던 일본과 중국 콘서트에 대해 물었다.

얼마나 시간이 지났을까.

그 어느 때보다 흥분에 가득 찬 상태에서 질문하던 앨런을 향해 무대 밖에 있던 스태프들의 손이 열심히 돌아가는 게 보였다.

이제 토크쇼를 마무리해야 된다는 신호였다.

"이병웅 씨와 함께했던 앨런 쇼. 지금까지 이병웅 씨의 모든 것을 알아본 앨런 쇼를 마칠 때가 되었습니다. 하지만 이렇게 그냥 끝낼 수는 없죠. 여러분 이병웅 씨의 노래를 들어 봐야 되지 않겠어요?"

"아악… 와아, 와아!"

앨런의 도발에 방청석에 있던 관객들이 전부 자리를 박차고 일어났다.

미리 짜고 치는 고스톱이었지만 관객들은 이병웅이 노래를 부를지 모른다는 기대감이 현실로 나타나자 흥분을 감추지 못했다.

미국의 팬들은 그의 라이브를 들어 본 적이 없다.

주로 뮤직비디오와 라디오를 통해 들었을 뿐, 이병웅이 직접 기타를 들고 무대 전면으로 나오자 방청객들은 자리에서 일어난 채 움직이지 못했다.

완벽한 음향 시설.

기타를 한번 긁어 본 것으로도 충분히 알 수 있을 만큼 ABC에서 준비한 앰프의 성능은 최고 수준이었다.

천천히 기타를 향해 손을 놀리는 순간 심장을 울리는 현의 떨림이 관객들을 향해 날아갔다.

라이브의 위력은 이런 것이다.

눈앞에서 사랑하는 가수가 그들을 위해 노래를 부른다는 건 뮤직비디오와 비견할 수 없을 정도의 감동을 선물한다.

이병웅의 노래가 끝났을 때 홀을 가득 채웠던 방청객들은 박수를 치지 못했다.

그들은 이병웅이 보내준 슬픔의 물결에 사로잡혀 눈물만 흘릴 뿐, 어떤 행동도 할 수 없었기 때문이었다.

진화.

그렇다, 이병웅의 노래는 '밀애'가 완벽하게 몸으로 동화된 이후 사람의 감정을 자유자재로 조절할 수 있을 만큼 완벽한 진화가 이루어진 상태였다.


*　　　　*　　　　*


미국은 한국과 달리 가수들이 출연해서 노래 부르는 프로그램 대신 오디션 프로그램이 주를 이룬다.

전국에서 난다 긴다 하는 실력을 가진 사람들이 오디션 프로그램에 출연해 실력을 인정받고 가수로 진출하는 과정이 대단한 인기를 끌었다.

그중 미국인들에게 가장 사랑을 받고 있는 프로그램이 바로 '더 보이스 오브 아메리카'였다.

'더 보이스 오브 아메리카'는 3년 전부터 시즌이 시작되었는데, 첫 회부터 폭발적인 인기를 끌면서 시청률 톱을 차지했다.

방식은 간단했다.

4명의 심사 위원이 출연자가 보이지 않는 상태에서 노래만 듣고 합격 여부를 선택한 후 출연자가 선택한 심사 위원의 지도 아래, 경연을 펼쳐 최종 우승자를 선발하는 방식이었다.

시즌 때마다 수만 명씩 신청했기 때문에 사전 심사가 3달이나 걸릴 정도로 오래 걸렸고, 최종 단계에 올라온 200여 명이 방송에 출연하는 기회를 얻게 된다.

심사 위원은 케인 하퍼와 유명 작곡가 가릴레나, 최근 엄청난 인기를 끌고 있는 미녀 가수 에비게일, 랩의 황제로 불리는 마이클 스카이로 구성되어 있었다.

이중 케인 하퍼와 가릴레나는 출연자의 합격에 잔인할 정도로 인색했다. 그럼에도 그들이 계속 출연할 수 있는 건 그들의 지도를 받은 출연자들이 모두 최종 우승을 차지했기 때문이었다.

더불어 케인 하퍼는 독설에 가까운 평가를 서슴지 않았는데, 시청자들은 그들의 독설에 비난과 흥분을 느껴 프로그램의 인기 상승에 상당한 기여를 하고 있었다.

제니퍼는 침을 꼴깍 삼켜 가며 출연자들의 노래를 들었다.

'더 보이스 오브 아메리카'의 절대 팬인 그녀는 시즌 1부터 한 번도 빼놓지 않고 방청권을 신청했으나 매번 당첨되었단 소식을 들은 적이 없다.

그런 그녀에게 메일이 도착한 건 2주 전의 일이었다.

펄쩍펄쩍 뛰면서 기뻐했다.

가족들은 물론이고 친척들과 친구들, 그리고 그녀가 알고 있는 모든 사람들에게 자랑하면서 돌아다녔다.

간절하게 보고 싶었던 무대를 직접 볼 수 있다는 기쁨은 그녀를 반 미치게 만들었다.

오디션이 시작되기 전부터 기대감에 몸을 주체할 수 없었다.

화면에서나 봤던 심사 위원들이 자리에 앉았고 첫 출연자부터 상당한 가창력을 선보였는데, 텔레비전에서 보는 것과 하늘과 땅 차이가 날만큼 달랐다.

오죽할까.

전국에서 난다 긴다 하는 사람들이 전부 참여했지만 본선까지 살아남은 건 그중에서 특별한 실력을 가진 사람들이다.

모든 출연자들의 노래는 가수라 부르기에 충분했지만, 특히 오늘 출연한 사람 중에는 두 사람이 올 턴을 기록할 정도로 엄청난 가창력을 선보여 그녀를 자리에서 벌떡 일어나게 만들었다.

너무 좋아 잠시도 가만있지 못했다.

심사 위원들의 의자가 돌아갈 때마다 자신이 합격한 것처럼 즐거웠고 선택을 받지 못한 출연자가 슬퍼할 때는 눈물을 글썽였다.

얼마나 오랜 시간 동안 꿈을 위해 노력했을까.

그들의 절망을 보는 건 정말 안타깝고 슬픈 일이었다.

녹화는 생각보다 훨씬 오래 걸렸고 출연자들도 30여 명이 넘었다.

텔레비전에서 방송되는 건 불과 1시간도 안 되었는데, 막상 녹화 시간은 그것의 몇 배나 되었다.

그럼에도 지루하다는 생각이 들지 않았다.

4시간에 가까운 오디션 동안 가수들의 노래를 직접 들으며 당락의 긴장감을 느낀다는 건 결코 쉽게 얻을 수 있는 경험이 아니었다.

"오늘 마지막 출연자입니다. 오래 기다렸을 이분께 격려의 박수 부탁드립니다."

사회자의 멘트에 제니퍼는 저도 모르게 박수를 쳤다.

다른 사람들도 마찬가지다.

오랜 시간 동안 긴장하면서 기다렸을 마지막 출연자의 고통은 아마 상당했을 것이기에 방청객들은 그에게 격려의 박수를 아끼지 않았다.

하지만 제니퍼의 박수는 마지막 출연자가 무대로 나왔을 때 스르륵 멈춰졌다.

출연자의 얼굴이 가면으로 가려져 있었기 때문이었다.

*           *           *

"마이클, 상태 완벽하지?"

"그럼요. 기타, 앰프, 마이크 음향까지 완벽합니다."

"휴우, 긴장되는구먼."

웅성대는 방청객들의 반응을 보면서 담당 PD인 해리슨의 얼굴이 잔뜩 굳어졌다.

방청객들은 박수를 치다가 출연자가 가면을 쓰고 나오자 어이없어 하는 표정을 짓고 있었는데, 이런 일은 처음이었기 때문이었다.

더불어, 무대와 반대 방향으로 앉아 있던 심사 위원들은 궁금증을 숨기지 못했다.

물론 가끔 가다 이런 일은 많았다.

출연자가 특별하게 못생겼거나 뚱뚱할 때, 아니면 반대로 엄청 예쁘거나 잘생겼을 때도 방청객들은 이런 반응을 보이곤 했다.

"어떻게 될지 정말 궁금하군."

"나도 마찬가집니다. 아마, 이번 무대로 우리 프로그램은 난
리가 날 거예요. 이거 저 친구가 계획한 거라면서요?"

"응, 웃대가리들이 그러더구먼."

"그래도 너무했어요. 아무리 비밀이라도 스태프들까지 속일
게 뭡니까. 우린 오늘 아침에나 알았단 말입니다."

"크크… 너라면 안 그랬겠냐. 오늘 녹화분이 이번 주에 나간
다. 앞에 녹화했던 건 전부 뒤로 밀었어. 무슨 소린지 몰라?"

"휴우, 어련하겠어요."

"헉, 시작한다."

무대에서 가면을 쓴 남자가 기타를 향해 손을 가져가자 해
리슨이 급히 말을 멈추고 헤드셋을 썼다.

그의 얼굴은 잔뜩 굳어져 있었는데 긴장으로 얼굴이 슬쩍
붉어진 상태였다.


            \*          \*          \*


어디선가 시작된 드럼 소리.

그리고 남자의 손에서 시작된 연주.

부드럽고 청아한 음율.

드럼 소리와 남자가 펼쳐 놓은 일렉트릭 기타음이 절묘하게 조화되며 순식간에 방청객들을 사로잡았다.

들어 본 적이 있는 것 같은데 어딘지 모르게 정체를 알 수 없는 노래의 전주.

그럼에도 너무 환상적이라 잠시도 눈을 뗄 수 없게 만드는 마력.

한동안 홀 안을 아름다운 선율로 휘저어 놓았던 전주가 끝나면서 남자의 입이 열리자 관객들 쪽에서 단박에 탄성이 터져 나왔다.

남자의 입에서 흘러나온 노래를 듣는 순간 전주의 정체가 영국의 유명한 록밴드 'Radiohead'의 'Creep'이라는 걸 알았던 것이다.

하지만 관객들이 진짜 탄성을 지른 이유는 남자의 입에서 흘러나온 노래가 첫 소절부터 사람들의 오감에 충격을 줬기 때문이었다.

몽환적이면서 감미롭고 어딘가 쓸쓸함이 묻어나오는 음색.

노래가 진행될수록 더해지는 남자의 고통까지.

그 모든 것이 관객들을 숨조차 쉬지 못하게 만들었다.

Creep은 사랑에 실패한 남자가 스스로를 자책하며 떠나간 여인을 그리워한다는 내용이 담겨 있었다.

원곡은 잔잔함 속에서 진행되다가 자신을 질책하는 절정부를 거쳐 다시 호수처럼 평안하게 스스로를 다잡는 감정 속에서 노래가 마무리된다.

그러나 남자가 부른 노래는 편곡을 통해 완벽하게 달라져 있었다.

방청객은 물론이고 심사 위원들까지 노래가 Creep이라는 걸 알지 못한 건 그만큼 전주부터 원곡과 완연히 다른 편곡이었기 때문이었다.

초반부 남자의 쓸쓸함과 몽환적인 감성은 갑자기 빠르고 강렬한 록으로 변했는데, 그때부터 폭발적인 고음이 홀 전체를 쓸어버리는 것처럼 몰아쳤다.

"But i'm a creep i'm a weirdo.

What the hell am i doing here.

I don't belong here……."

전율.

관객들은 그의 노래가 폭발적으로 터져 나오자 자리에서 벌떡 일어난 채 무차별적인 비명을 터뜨리기 시작했다.

이미, 초반부에서 의자를 턴시킨 에비게일과 마이클 스카이에 이어 고음부가 시작되자 턴에 인색한 작곡가 가릴레나까지 의자를 돌렸다.

"She, she's running out again.

She's running out she run run run……."

눈을 감은 채 노래를 감상하듯 몸을 흔들던 케인 하퍼가 결국 참지 못하고 의자를 턴 시킨 건 폐부를 찌르는 것처럼 강력한 샤우팅으로 남자의 목소리가 허공을 휩쓸 때였다.

이런 노래는 단연코 들어 본 적이 없다.

오디션의 범위를 넘어 현존하는 가수들 중 이런 가창력을 지닌 자가 어디 있단 말인가.

방청객이 전부 일어나 두 손을 맞잡은 채 정신을 놨고, 심사 위원들은 얼빠진 표정으로 가면을 쓴 남자의 노래에 놀람을 숨기지 못했다.

특히, 에비게일은 피를 토하듯 끈질기게 쏟아 내는 남자의 고음에 가슴을 부여잡고 바닥에 주저앉아 있었다.

가수로서 남자가 전해 주는 감성의 물결에 통증을 느낀 것이 분명했다.

그러나 진짜 충격은 그때부터였다.

케인 하퍼가 견디지 못하고 의자를 돌렸을 때 절정부의 미친 샤우팅을 끝낸 남자가 자신의 가면을 벗어 던졌던 것이다.

남자의 얼굴이 드러난 순간.

제일 먼저 비명을 지른 건 자신도 모르게 무대 쪽으로 다가섰던 에비게일이었다.

그녀는 남자의 얼굴이 드러나자 귀신을 본 것처럼 높고 날카로운 비명 소리를 흘려 냈다.

방청객들의 입에서 탄성이 터져 나온 건 남자의 얼굴이 무대 뒤편에 설치된 대형 화면을 통해 생생히 전달되었을 때였다.

화면을 통해 나타난 얼굴이 바로 요즘 미국 전체를 뜨겁게 달구고 있는 이병웅이었기 때문이었다.

*          *          *

이병웅은 가면을 벗은 채 마지막 후렴부를 부르며 노래를 마쳤다.

질린 표정으로 노래가 끝났음에도 박수조차 치지 못하는 관객들, 그리고 충격으로 인해 다양한 자세로 자신을 쳐다보는 심사 위원들을 보며 정중하게 고개를 숙여 인사를 했다.

"여러분, 안녕하세요. 이병웅입니다. 여러분께 이런 자리에서 인사드리게 되어 정말 죄송스럽습니다. 제가 이렇게 노래를 부르게 된 이유는 하퍼 씨의 평가 때문이었습니다. 평론가에게 부족하다는 독설을 듣는 건 가수로서 죽음보다 더욱 괴로운 것이었어요. 그렇기에 하퍼 씨 앞에서 제대로 된 평가를 받고 싶었습니다. 다행스럽게 하퍼 씨는 제 노래를 인정하신 것 같네요. 그렇지 않나요?"

이병웅의 질문에 케인 하퍼는 대답을 하지 못하고 고개를 숙였다.

의자를 돌리지 않았다면 모를까, 턴을 한 상태에서 이병웅의 노래를 들으며 수시로 놀라는 장면을 노출시켰으니 변명할 명분이 전혀 없었다.

그럼에도 이병웅은 더 이상 그를 추궁하지 않고 방청객 쪽을 향해 눈을 돌렸다.

"여러분께서 제 행동을 용서해 주신다면 한 곡 더 부를 수 있을 것 같습니다. 그렇게 해도 될까요?"

*　　　　*　　　　*

파격.

미국인들이 가장 즐겨보는 프로그램 중 하나인 '더 보이스 오브 아메리카'에 가면을 쓰고 나와 시청자들을 놀라게 만든 이병웅의 행동은 파격 그 자체였다.

월드 스타로서 엄청난 모험을 감행한 그의 용기가 인터넷을 뜨겁게 달구며 전 지구를 흔들어 놨다.

누가 이런 용기를 낼 수 있단 말인가.

아무리 스스로의 실력에 자신감이 있다 해도 오디션에 나가는 것, 그것도 심사 위원들이 출연자의 정체를 알지 못한 상태에서 평가하는 오디션에 참여한다는 건 자살행위나 다름없는 것이었다.

그것도 빌보드 차트 1, 2위를 휩쓸고 있는 월드 스타라면 더욱 그렇다.

만약, 이병웅이 심사 위원들의 선택을 받지 못했다면 어떤 일이 벌어졌을까.

아마 그는 케인 하퍼의 독설처럼 반반한 얼굴로 여자들이나 홀린 가짜 뮤지션으로 낙인찍혔을 게 틀림없었다.

사람들은 가수로서의 자존심을 위해 출연했다는 그의 용기를 높게 평가했는데, 이병웅이 방송에서 부른 노래는 각종 음원 차트를 장악하며 빠르게 상승하기 시작했다.

그것뿐이겠나.

NBC에서 제공된 영상은 불과 3일 만에 1억 뷰를 기록했고, 지금도 조회 수가 폭발적으로 증가하는 중이었다.

"아이고, 지금 생각해도 심장 떨어져서 죽을 것 같아. 저때는 정말 끔찍했어."

"사장님이 제 실력을 안 믿어서 그래요. 나는 하나도 안 떨렸는데 사장님만 떤 걸 보면 소속 가수를 우습게 생각하고 있었던 거죠."

"야, 나만 떤 줄 알아. 저기서 힐끔거리며 쳐다보는 애들 전부 다 떨었어. 이거 왜 이래!"

"김 실장님은 안 떨었다던데요?"

"거짓말, 쟤가 제일 많이 떨었는데 무슨 소리. 야, 김 실장.

넌 노래 끝날 때까지 비명만 질러 놓고 오리발을 내밀어. 와아, 쟤 정말 큰일 날 애네."

"비명이라뇨. 탄성, 탄성. 병웅 씨가 노래를 너무 잘해서 감탄에 젖은 환호였다구요."

"저, 저… 어우가 따로 없어."

김 실장의 뻔뻔한 답변에 어이가 없다는 듯 김윤호가 두 팔을 번쩍 들었다.

하긴, 말싸움으로 이긴 적이 없으니 이상한 일도 아니다.

"하여간, 난 이제 갑니다."

"진짜 가냐?"

"지금 가면 저녁 먹을 시간 되겠네요."

텔레비전에서 흘러나오는 동영상을 보며 대화를 나누던 이병웅이 가방을 챙겨 일어나자 김윤호가 아쉽다는 듯 몸을 따라 일으켰다.

NBC를 끝으로 모든 일정이 끝났기 때문에 오늘 이병웅은 펜실베이니아로 떠난다.

"몸 관리 잘해라. 공부한다고 마구 먹어서 콘서트 때 뚱뚱한 몸으로 나타나면 절대 안 돼."

"걱정도 팔자세요. 사장님이나 햄버거 좀 그만 드세요. 그러다 정말 탈나요."

"난 괜찮아. 7대 도시 콘서트를 기획하려면 정신없이 뛰어

다녀야 되는데, 살쩔 틈이 있겠어?"

"두영이는 돌려보낼 테니까 저 없는 동안에 사장님이 잘 돌 봐 주세요. 애가 눈치가 빨라서 시키는 거 잘할 겁니다."

"알았다. 걱정하지 마."

"자, 전 이제 진짜 갑니다. 나중에 봐요."

정두영이 가방을 받아 들고 차로 향하자 이병웅이 웃으며 손을 내밀었다.

이 사람도 자신의 삶에서 중요한 동반자다.

비록 그가 생각하고 있는 몸통과는 떨어져 있어도 다른 한 축을 담당하는 사람이었으니 이별을 한다고 생각하자 아쉽다 는 생각이 들었다.

그럼에도 웃는다.

이별은 또 다른 만남을 위한 절차에 불과한 것 아니겠나.

김윤호와 악수를 마친 후 직원들에게도 눈인사를 한 이병 웅이 차를 향해 천천히 걸어 나갔다.

또 다른 삶의 시작을 위해.

제28장
펜실베이니아

　이병웅이 숙소로 잡은 곳은 필라델피아 중심가에서 북쪽으로 1㎞ 떨어진 고급 맨션이었다.

　와튼스쿨과는 강하나 건너면 되는 근접 거리에 위치해 있었고, 맨션에서 주변 경관이 전부 한눈에 들어오는 아름다운 곳이었다.

　저녁에 맨션에 도착한 이병웅은 정두영을 돌려보낸 후 홀로 별처럼 빛나는 강물을 바라보며 맥주를 마셨다.

　얼마나 있을지 모른다.

　어렸을 적에는 이곳에서 석사와 박사까지 공부한 후 모교로 돌아가 교수가 되는 꿈을 꾸었지만, 지금은 그런 생각을 접은 지 오래였다.

이곳에 온 목적은 크게 두 가지.

하나는 홍철욱과 함께 미국 시장을 점령하고 와튼스쿨의 인맥들을 확보하는 것과 세계 최고라는 와튼스쿨의 경제 지식을 탐구하기 위함이었다.

자신의 꿈은 크다.

따라서, 세계 최고의 두뇌들이 공부하는 이곳을 그 꿈을 이루기 위한 발판으로 활용할 생각이었다.

                    *              *              *

펜실베이니아대학 안에 들어 있는 와튼스쿨은 경영 쪽에서 세계 랭킹 1위였고, 수많은 경영자들을 배출한 명문 중의 명문이다.

캠퍼스는 학교를 설립한 벤자민 플랭클린의 동상을 중심으로 고풍스러운 건물이 자리 잡았는데, 마치 작은 궁전을 보는 것 같았다.

그런 건물을 지나 이병웅은 곧장 윌리엄스 교수실을 찾았다.

"어서 오게. 기다리고 있었네."

"오랜만에 뵙습니다, 교수님. 그동안 잘 계셨나요?"

"보다시피, 나는 건강하다네. 어디 그것뿐인가. 자네 덕분에 연준과 정부 쪽에서 나를 구세주 취급하고 있어. 내 명성이 하늘을 찌를 지경이야."

"양적 완화를 말씀하시는 거군요."

"맞아. 그로 인해 미국이 붕괴될 뻔했던 금융 위기가 겨우 수습되는 중일세. 자네가 아니었다면 우린 지금쯤 자본주의의 몰락을 지켜보고 있었겠지."

"누군가는 생각해 낼 방법이었습니다."

"겸손 떨지 않아도 돼. 전통 경영의 관습. 그 관습 속에서 그런 방법을 꺼낸다는 건 쉽지 않은 일이야. 물론 자네 말을 부정하는 건 아닐세. 다른 정책들을 쓰다 쓰다 안 되면 결국 쓸 수 밖에는 없었을 테지. 하지만 그땐 최악으로 몰려 경제는 파탄이 나고 국민들은 도탄에 빠진 후였을 거야."

"교수님, 한 가지 물어봐도 되겠습니까?"

"뭔가?"

"교수님이 처음 반대하신 것처럼 양적 완화에는 수많은 부작용이 존재합니다. 그 부작용을 제거하기 위해서는 최선을 다해 풀어놨던 달러의 회수가 필수적입니다. 그렇지 않게 되면 세상은 미쳐 돌아가게 될 테니까요."

"알고 있네. 그래서 연준도 양적 완화를 시행하면서 경제가 회복되는 대로 양적 긴축을 계획하고 있다네."

"과연 그렇게 될까요. 저는 걱정됩니다. 판도라의 상자에 담겨 있었던 인류의 적들은 다시 상자 속으로 회수되지 않았습니다. 그만큼 유혹적이고 달콤하며 인간의 탐욕을 자극했기 때문입니다."

"으음, 자네는 보면 볼수록 무서운 사람이구먼."

윌리엄스 교수의 입에서 무거운 신음 소리가 흘러나왔다.

무슨 소리를 하는지 정확하게 알아들었기 때문이었다.

세상을 향해 무차별적으로 돈을 살포한다는 건 부채의 양을 한없이 키우고 있는 자와 없는 자의 격차를 확대시키는 양극화의 시대로 접어들게 만든다.

다시 말해.

없는 자들에겐 점점 더 살아가는 것이 어려워지는 헬 게이트가 열린다는 뜻이다.

"양적 긴축에는 지독한 고통이 따르게 됩니다. 저는 정책자들이 그런 고통을 감내할 수 있을지 의문이 듭니다."

"자네의 걱정 당연해. 하지만 연준의장은 물론이고 연준위원들까지 그 부작용을 너무나 잘 알고 있으니 반드시 해낼 걸세. 그러니 너무 걱정하지 않아도 돼."

"그렇게만 된다면 다행이죠."

이병웅이 정중하게 고개를 숙이자 윌리엄스 교수의 얼굴에서 사라졌던 웃음이 서서히 다시 피어올랐다.

"자네가 출연한 방송을 봤어. 그로 인해 미국이 아직도 떠들썩해. 정말 대단한 노래 실력을 지녔더군."

"감사합니다."

"혹시, 학교에 들어오면서 본 거 없나?"

빤히, 바라보는 윌리엄스의 질문을 받으며 이병웅의 얼굴이 슬쩍 굳어졌다.

그가 묻는 것이 무엇인지 너무나 잘 알기 때문이었다.

학교 앞을 가득 메운 팬들.

오전 10시가 조금 넘었을 뿐인데도 50여 명의 팬들이 그의 이름이 적힌 피켓을 든 채 그를 기다리고 있었던 것이다.

"자네 때문에 지금 학교가 난리야. 팬들이 몰려온 건 둘째 치고, 학생들까지 자네가 오기를 학수고대하고 있어. 도대체 어쩔 작정인가?"

"저는 수업 기간 동안 가수가 아닌 학생으로서 본분을 지키며 살아갈 생각입니다."

"자넨 그럴지 몰라도 상황이 여의치 않아. 학교 측에서는 나에게 여러 번 자네의 입학을 재고해 달라는 부탁을 해 왔어. 학교 측은 자네 때문에 면학 분위기가 다운되는 걸 원하지 않는다네."

"그럴 거라 짐작은 하고 있었습니다. 하지만 펜실베이니아는 공부를 위해 세계 곳곳에서 몰려든 수재들의 요람입니다. 잠깐 동안 저로 인해 흔들리겠지만, 곧 정상으로 돌아갈 거라 믿습니다."

"자네를 보러 몰려드는 팬들은 어쩌고?"

"그건 저에게 생각이 있으니 기다려 주십시오. 학교 측에 피해가 되지 않도록 조치하겠습니다."

"그렇다면 일단 자네를 믿겠네. 하지만 계속 팬들이 몰려온다면 나도 자네를 커버하기 힘들게 돼."

"일정 기간이 지나고도 계속 이런 현상이 벌어지면 제가 스스로 학교를 그만두겠습니다. 저 역시 제 욕심으로 학교에 피해를 주기 싫으니까요."

"알았네. 수업은 2주 후부터 시작이란 거 알지?"

"예, 교수님."

"자네 수강 프로그램은 내가 대신 처리했어. 월드 스타께서 손수 뛰어다니기 힘들 것 같아서."

"왜 그러셨어요. 수강 프로그램 때문에 방송 일정 마치자마자 일찍 온 건데요."

"어차피 자네 담당 교수가 나잖아. 그리고 자네한테 신세진 게 있어 빚 갚는 차원에서 미리 해둔 거니까 신경 쓰지 마."

"그건 아닌데요. 그 부채는 나중에 써 먹으려 했는데 알아서 탕감하시는 게 어디 있어요?"

"하하… 나중에 큰 거 주는 것보다, 작은 걸로 때우는 게 경제의 기본이거든."

"거기에 경제 원리를 대입하시다니 정말 대단하세요."

"어쨌든, 와튼에 온 걸 환영하네. 계속 있게 될지는 모르지만."

*      *      *

'BWL'의 팬클럽 회장 최정아는 미국에서 날아온 전화를 받은 후 인터넷 팬클럽 사이트에 긴급 공지문을 올렸다.

그녀는 긴급 공지문을 통해 팬들로 인해 이병웅이 펜실베이니아에서의 학교생활을 포기할 수 있다는 충격적인 사실을 알리며 그것만은 무슨 수를 쓰든 막아야 한다는 호소를 했다.

'BWL'로부터 시작된 이병웅 사생활 보호 운동이 빠르게 확산되기 시작한 것은 최정아와 'BWL' 회원들의 눈물겨운 노력 때문이었다.

인터넷을 통해 세계 각국의 'BWL' 회원들에게 도와달라는 메시지를 날렸고, 특히 미국 쪽에는 펜실베이니아에 팬들이 몰려들지 못하게 해 달라는 도움을 청했다.

그런 후 보호 운동을 펼쳐 나갔다.

회원들은 이병웅이 공부하는 기간 동안 길거리에서 만나거나 식당, 공공장소 등 모든 장소에서 모른 체하자는 운동을 펼쳐 엄청난 호응을 이끌어 냈다.

그런 노력 때문일까.

개학이 되었을 땐 펜실베이니아 정문을 지키던 팬들이 자연스럽게 사라졌고, 학생들마저 이병웅에게 가급적 시선을 주지 않으려 노력하는 모습이 보였다.

\*　　　　\*　　　　\*

윌리엄스 교수가 지도하는 학생들의 숫자는 전부 합해 8명밖에 되지 않았다.

와튼스쿨은 교수당 평균 17명의 학생들이 배정되었지만, 대학 측은 석좌교수인 윌리엄스 교수의 지위를 감안하여 최소한의 인원만 배정했다고 들었다.

학생들의 나이는 전부 이병웅과 비슷하거나 많았는데, 그들 대부분이 유수 기업에서 근무하다가 들어왔기 때문이다.

와튼스쿨의 MBA 과정은 대학 성적은 물론이고 회사의 근무 경력까지 평가했기 때문에 대부분의 학생들이 기업 근무 경력을 지니고 있었다.

학생들의 분포는 미국인이 3명으로 제일 많았고 중국, 일본, 영국, 한국, 인도가 각각 1명씩이었다.

이들의 꿈은 오직 하나.

최대한 단시간에 MBA 자격증을 취득해서 경영자의 길로 들어서는 것뿐이다.

첫 미팅이 있었던 날.

윌리엄스 교수의 주제 아래 학생들은 각자의 소개를 했다.

면면히 대단한 사람들이었다.

윌리엄스 교수가 직접 면접을 통해 선발했기 때문인지 이병웅을 제외한 전부가 아이비리그 학부 출신이었으며 거의 대부분 월가의 금융 센터나 대기업에서 3년 정도 일한 경력을 지니고 있었다.

이병웅이 앞으로 나갔을 때 학생들이 긴장된 표정으로 그를 쳐다봤다.

아직도 그들은 이병웅이 이곳에서 그들과 함께 공부한다는 사실이 믿기지 않는 것 같았다.

"안녕하세요. 저는 30살이고 한국의 S대를 졸업한 후 이곳에 왔습니다. 여러분이 알고 계신 것처럼 가수입니다. 하지만 저는 경영을 배우고 싶어 이곳에 지원했으며 누구보다 열심히 수업 프로그램에 참여할 생각입니다. 공부를 하는 동안 여러분과 사이좋게 지내길 바랍니다. 혹시 궁금한 게 있으면 물어보세요."

이전 학생들이 했던 것과 비슷하게 소개를 하고 질문을 받았다.

학생들은 간단하게 몇 가지 질문에 대답을 하고 연단에서 물러났기 때문에 자신 역시 그런 절차를 거치면 될 거라 생각했다.

그러나 대학원생들이고 나이가 많기 때문에 자신을 향한 관심이 적을 거란 판단은 잘못된 것이었다.

제일 먼저 손을 든 것은 라일리였다.

그녀는 하버드 경영학부를 졸업하고 모건 스탠리 투자전담부에서 3년을 일하다가 이곳에 온 재원 중의 재원이었다.

"병웅 씨, 여자 친구가 없다는 거 진짜예요?"

"없습니다."

"왜 없어요?"

너무나 직설적인 질문에 말문이 꽉 막혔다.

학생들의 질문은 끝도 없이 이어졌다.

화제가 되었던 '더 보이스 오브 아메리카'에 나갔을 때의 심정과 케인 하퍼가 뒤에 인터뷰한 내용에 대해 물었고, 향후 가수 활동을 어떻게 할 건지, 콘서트는 제일 먼저 어디로 정했는지 등 질문의 홍수가 이어졌다.

마치, 기자들 인터뷰와 비슷할 정도로 학생들은 그에 대한 모든 것을 알고 싶어 했다.

지켜보던 윌리엄스 교수가 말리지 않았다면 학생들의 질문은 끝도 없이 이어졌을 것이다.

애써 모른 척해 주었기에 방심했던 것이 화근이다.

공부 벌레였으나 그들 역시 사람이었고, 이병웅의 존재는 그런 그들에게도 특별했던 모양이다.

*　　　　*　　　　*

제시카가 맨션으로 찾아온 건 입학을 한 후 일주일이 지났을 때였다.

그녀는 분홍색 원피스를 입었고 연한 화장을 했는데, 마치 소녀처럼 풋풋한 아름다움을 뿜어냈다.

누가 그녀를 세계 최고의 로비스트라 믿겠는가.

"병웅 씨, 학교생활은 어때?"

"좋아, 재밌어."

"나도 와튼스쿨에 입학이나 할까. 병웅 씨와 같이 공부하면 좋을 텐데."

"하하… 그러지 마세요. 제시카가 여기에 오면 학생들이 공부를 못 해."

"왜?"

"너무 예뻐서 눈이 부시거든."

"어머, 정말이야?"

"내가 왜 거짓말을 하겠어. 지금 이 모습 그대로 거리에 나가면 사람들은 천사가 하늘에서 내려온 거라고 생각할 거야."

"쳇, 너무 추켜세우니까 거짓말처럼 느껴지네. 병웅 씨, 너무 그러면 안 믿겨지니까 대충 해."

"난 거짓말을 못하는 사람이라고. 내 몸이 이렇게 반응하잖아. 제시카가 방으로 들어온 순간부터 가슴이 마구 뛰면서 몸이 이렇게 변했어. 안 보여?"

이병웅이 자신의 하체를 가리키자 제시카가 손으로 입을 막으며 깔깔 웃었다.

반바지의 중앙부가 불쑥 솟구쳐 올라와 있었기 때문인데, 웃고 있는 제시카의 시선은 그곳에서 떨어질 줄 몰랐다.

"너무 탐내지 말라고. 내가 제시카 온다는 전화를 받고 열심히 저녁을 준비해 놨어. 그러니까 이놈은 나중에… 오케이?"

"음, 아깝네. 난 그게 더 좋은데."

장난스럽게 말하는 제시카를 이끌고 식탁으로 향했다.

그냥 빈말이 아니다.

이병웅은 오후를 전부 활용해서 그녀를 위해 진수성찬을 마련해 놓고 기다리고 있었다.

"우와, 이게 정말 달링 혼자서 다 만든 거야?"

"응. 제시카는 나한테 너무나 소중한 사람이니까 정성을 다해 준비했어."

"감동, 감동. 나 정말 감동해서 가슴이 막 떨려. 세상에 어떤 여자가 병웅 씨한테 이런 선물을 받을 수 있겠어. 난 세상에서 제일 행복한 여자가 분명해."

의자를 빼어 앉는 걸 도와주자, 그녀는 자리에 앉으며 연신 감탄을 토해 냈다.

사실 진수성찬이라는 말이 어울리지 않는 상차림이다.

그녀를 위해 열심히 준비했지만 상 위에 올라 있는 건 시저 샐러드와 에그 베네딕트, 스테이크가 전부였다.

그럼에도 그녀는 감동에 젖어 함부로 음식에 손을 대지 못했다.

그런 그녀를 바라보며 이병웅이 밝은 웃음을 지었다.

그녀는 이런 대접을 받아도 된다.

자신을 위해 궂은 일을 마다하지 않는 그녀에게 이 정도 선물은 아주 작은 성의에 불과하다.

식사를 끝내고 이병웅이 설거지를 하는 동안 제시카는 그의 모습을 지켜보며 잠시도 입을 닫지 않았다.

"뒷모습도 섹시하네. 이거 걱정되는걸. 펜실베이니아에는 예쁜 여자들이 많은 걸로 유명한데, 그 여자들이 가만두지 않을 것 같아."

"공부하러 온 학생한테 별소리를 다 하네. 그리고 여긴 공부 벌레들뿐이라 그런 일은 없을 거야."

"아직 병웅 씨가 몰라서 그래. 펜실베이니아는 유명한 가문들의 재벌 2세가 가장 많이 오는 곳이야. 내가 아는 애들만 20명이 넘어. 그중에는 예쁜 애들도 상당하고."

"정말?"

"어머, 이 남자 봐. 벌써부터 군침 흘리네."

"군침은 무슨……."

처음 듣는 소리다.

펜실베이니아는 세계 최고의 경영학부를 보유한 것으로 알려졌을 뿐, 그런 정보는 처음 듣는다.

그럼에도 귀가 솔깃했다.

여자를 어쩌자는 것보다 그들과 인연을 맺는다면 향후 그가 실현하고자 하는 야망에 커다란 도움이 될 거란 생각이 들었다.

"여긴 와 본 지 오래되었어. 예전에 왔을 때도 참 예쁜 곳이었는데, 지금 보니까 야경이 참 좋아. 우리 저기 걸어 볼까?"

"그러자. 이거 다 끝내고 같이 걸어."

"그럼 먼저 이것부터 해결해. 설거지 대충 하고 빨리 와. 일부터 끝내야 편안한 마음으로 데이트를 하지."

흔쾌히 대답하는 이병웅을 바라보며 그녀가 일어서더니 거실 쪽 소파로 걸어가 가방에서 서류들을 주섬주섬 꺼냈다.

그녀가 꺼낸 서류가 무엇인지 단박에 짐작 갔기에 이병웅은 대충 설거지를 마치고 빠르게 다가왔다.

"다 됐어?"

"응, 자기한테 말한 것처럼 10개 회사 중 분야별로 1개씩만 인수했어. 나머지 4개 회사는 기술이 중복되어 굳이 인수할 필요가 없다는 판단이 들었어."

"우린 1등 기업만 있으면 돼."

"인수 자금은 7천 3백만 달러가 들었고 회사를 관리할 경영자들까지 전부 스카우트한 상태야."

"연구진은?"

"나갔던 사람들도 다시 불러들이고 있어. 이전보다 훨씬 좋은 대우를 해 준다고 약속했기 때문에 반응이 좋아. 한 가지 문제는… 핵심 기술을 주도한 창업자들이 자기 지분을 주지 않으면 나가겠다고 고집을 피운다는 거야."

"살려 놓으니까 보따리를 내놓으라는 거군."

"그렇지. 하지만 한편으로는 이해가 가. 죽어라고 연구해서 이제 겨우 토대를 마련했는데, 통째로 뺏긴다고 생각하니까 억울하겠지."

창업자들은 4차 산업 신기술을 배경으로 투자자들의 자금을 끌어들였을 뿐, 회사의 주인은 엄연히 그들이었다. 금융 위기로 인해 한꺼번에 투자자들이 자금을 회수함으로서 졸지에 부도가 나기 전까지 회사의 관리와 연구 계획 등 신기술 전반에 관한 주도는 그들이 했다는 뜻이다.

그랬으니 통째로 회사를 뺏긴 게 얼마나 억울하겠나.

더군다나, 회사가 부도나면서 그들에게 남은 건 막대한 부채뿐이었다.

"우리가 인수하지 않았다면 그들은 길거리로 내몰렸을 텐데?"

"그러니까 인수 절차가 다 끝난 지금에서야 불만을 터뜨리는 거지. 자기들이 없으면 연구가 힘들어질 거라 생각하니까."

"제시카가 그런 걸 염두에 두지 않은 채 회사를 인수했을 리 없고. 보험은?"

"개발된 기술의 유출은 절대 불가. 창업자들의 기본 근무 연수 5년. 인수를 끝내자마자 연구실을 완전 통제했는데 아직 불완전해."

"제시카 생각은 어때?"

"내 생각이 의미 있을까. 어차피 병웅 씨 생각이 따로 있는 거 아니야?"

"어떤 생각?"

"인수 주체가 '제우스'가 아닌 '갤럭시'라는 건 다른 생각이 있다는 거잖아. 미안하지만 내가 정보망을 이용해서 알아보니까 '갤럭시'는 불과 2달 전에 만들어진 회사더라. 한국의 4차 산업 관련 전문가들이 최근 들어 대거 그쪽으로 스카우트되고 있던데?"

자신을 향해 시선을 주는 제시카를 바라보며 이병웅은 마른 침을 삼켰다.

거기까지 확인할 줄은 정말 몰랐다.

세계 최고의 로비스트답게 그녀의 행동반경은 상상할 초월할 정도로 넓었고, 상황을 유추하는 판단력과 인맥은 최고 중의 최고다.

불과 1달 만에 6개의 기업들을 인수하는 추진력.

그녀가 아니었다면 자신이나 홍철욱의 능력으로는 불가능한 일이었다.

"제시카가 내 적이었다면 정말 끔찍했을 거야."

"연구 실적을 그쪽으로 가져갈 생각이지?"

"응."

"이유를 물어봐도 될까? 아무리 생각해 봐도 난 모르겠어. 인수된 회사를 키우면 그뿐인데, 뭐 하러 똑같은 회사를 만드는 거지? 비용 측면에서 봤을 때 무척 비효율적이잖아. 당신 같이 똑똑한 사람이 그걸 모를 리 없을 거고… 혹시 당신 한국 정부를 위해 일하는 사람이야?"

"그럴 리가. 난 가수잖아. 가수가 정부를 위해서 일한다는 소리 들어 봤어?"

"그럼 뭐야? 나 정말 고민 많았어. 그걸 알아야 해결책이 나와. 그래서 창업자들의 주장에 아무런 대답도 하지 못하고 여기에 올 수밖에 없었어. 병웅 씨, 왜 이중 투자를 하려고 해?"

제시카의 궁금증.

그녀의 입장에서는 당연한 궁금증이다.

회사들을 인수하는 데 들어간 자금 7천 3백만 달러는 결국 기술력을 사는 것이었다.

그것도 아직 완성되지 않은 기술력에 그런 거금을 투자했으니 앞으로도 엄청난 돈이 소모될 수밖에 없다.

실용화하기 위해서는 지속적인 연구와 실험을 해야 될 테니 신기술의 개발은 돈 먹는 하마나 다름없는데, 똑같은 회사를 양쪽에 둔다는 건 확실히 바보 같은 짓이다.

그랬기에 이젠 솔직하게 대답해야 된다.

여기서 말도 안 되는 오리발을 내밀어 봤자 제시카가 속을 리 만무했다.

"맞아, 나는 그 기술들을 한국으로 가져갈 생각이야. 갤럭시에 연구진이 완벽하게 갖춰지고 기술을 완벽하게 소화할 수준이 되면 난 이곳에 있는 회사들을 없애려고 해."

"이유는?"

"난 한국 사람이고, 몇 년 후에는 그곳에서 살아갈 테니까."

"결국 이곳에 있는 회사들은 한국의 갤럭시를 위한 미끼들이었구나. 아예 통째로 인수를 했으니 산업스파이도 아니고. 병웅 씨 같은 사람을 뭐라고 불러야 해?"

"거대한 포부를 가진 사람 정도로 이해해 줘. 어차피 그 기술들을 개발하기 위해서는 천문학적인 돈이 필요해. 그리고 그 돈을 댈 사람은 한국에서 나밖에 없거든."

"재밌네. 4차 산업의 선도 기술을 미국에서 개발하고 싶지 않다는 뜻이잖아. 자긴 한국 사람이니까. 그렇지?"

"응. 그게 잘못된 걸까?"

"아니, 지금 생각해 보니 나라도 그렇게 했을 것 같아. 엄청난 개발비가 들어가는데 굳이 남의 나라인 미국에서 할 이유가 없어. 실용화가 되는 순간 그건 미국의 기술이 될 텐데, 그런 짓을 왜 하겠어."

"이해해 줘서 고마워."

"그럼 이제 답은 나왔네. 답이 나왔으니 창업자들은 내가 알아서 처리할게."

"어쩌려고?"

"지분을 나눠 줄 수는 없어. 그렇게 되면 나중에 문제가 생기거든. 대신, 연봉을 최대로 올려 주겠다는 제안을 할 거야. 그래도 받아들이지 않으면 죽고 싶을 만큼 홀딱 벗겨서 내보내면 돼. 연구의 시작은 그들 머리에서 나왔겠지만, 연구 실적과 장비, 연구진이 없으면 그들은 아무것도 아니야."

"자긴, 무서운 여자구나."

이병웅은 자신도 모르게 중얼거렸다.

홀딱 벗겨 내보낸다는 말.

그 속에 담겨 있는 의미가 어떤 것인지 그녀의 음성에서 느껴졌기 때문이었다.

아마, 그녀는 기술 개발에 관한 모든 걸 창업자들의 머릿속에서 완벽하게 지워 버릴 것이다.

그게 그녀가 지금까지 살아온 방식이니까.

지금 그가 하는 행동은 미국의 기술을 빼돌려 한국의 미래를 확장시키는 것이었으니 다른 미국인이었다면 비난을 서슴지 않았을 텐데, 오히려 그녀는 자신을 위해 수틀리면 창업자들의 목을 치겠다는 생각을 했다.

만약 그녀가 밀애에 당하지 않았다면 이런 일이 가능했을까?

*　　　　　*　　　　　*

MBA의 수업 프로그램은 하루에 보통 4시간 정도에 불과했다.

나머지 시간은 자유였지만 학생들은 공부에 미친 사람들처럼 도서관이나 기숙사에 틀어박혀 나오지 않았다.

그들의 목적은 오직 하나, MBA 자격증뿐.

경영매니지먼트 자격증을 따는 순간 그들은 세계 유수의 기업에서 스카우트 제의가 올 것이고 최고의 대우를 받으며 창창한 미래를 펼쳐 나가게 된다.

그랬기에 그들은 2년의 MBA 과정을 수료함과 동시에 자격증을 취득하기 위해 전력을 다해 공부에 매진하고 있었다.

시간은 참 잘도 흘러간다.

이곳에 온 게 어제 같은데, 벌써 한 달이란 시간이 훌쩍 지나갔다.

이병웅은 다른 사람들과 다르게 공부에 미치지 않았지만 수업을 한 번도 빠지지 않았다.

수업의 질은 자신이 대학교 때 배웠던 것과 엄청난 차이가 났다.

MBA 과정답게 실전 경영에 대한 것들이 주를 이루었는데, 각종 사례를 가지고 토론하는 과정이 대부분이었다.

한 가지 경영 사례에 따라붙는 수많은 경우의 수.

교수들은 그런 경우의 수마다 도출될 수 있는 결과들을 토론시키며 중간중간 코멘트해 줬는데, 그때마다 학생들은 탄성을 토해 냈다.

교수들의 코멘트는 전혀 상상하지 못했던 방향성을 제시했기 때문이었다.

어차피 자격증에 대한 욕심이 없었기 때문에 수업 외에 나머지 시간 동안 도서관에 가서 최신 경영 정보를 찾아보거나 MBA과정의 대학원생과 교수들, 그리고 학부생들과 사귀며 시간을 보냈다.

유명 스타란 것은 그런 면에서 봤을 때 다른 사람들과 비교할 수 없는 유리함이 있었다.

여전히 자신에 대한 보호 운동이 펼쳐져 일부러 알은체를 하지 않았지만, 막상 먼저 다가가면 사람들은 반색을 하며 그를 맞아들였다.

제시카는 이제 본업인 로비스트 일보다 이병웅의 대리인 역할을 하느라 정신이 없었다.

그녀는 6개 회사 중 3명의 창업자를 잘라냈는데, 그들 집을 샅샅이 뒤져 회사 기술에 관련된 자료는 완벽하게 회수했다고 한다.

그뿐인가.

나갔던 연구진을 전부 복귀시켰고 인맥을 통해 최고의 연구 인력을 충원하느라 눈코 뜰 새 없이 바쁜 시간을 보냈다.

이병웅은 저녁에 맨션으로 들어가면 홍철욱과 문현수, 정설아가 보내온 자료들을 검토했다.

'제우스 뉴욕지부'의 금융 투자금은 모두 합해 10억 달러.

이중 ETF인 레버러지에 1억 달러가 투자되었고 나머지는 애플과 아마존, 마이크로소프트, 마이크론 등 IT기업들을 중심으로 6억 달러가 베팅된 상태였다.

나머지, 3억 달러는 선물과 옵션.

한국과 중국도 비슷한 프로그램으로 운영되었다.

정설아가 운영하는 5천억 중 3천억은 삼전을 비롯해서 SDI, 화학, 통신 쪽에 베팅되었고, 문현수가 운영하는 중국 쪽은 알리바마와 텐센트 등 발전 가능성이 뛰어난 기업에 집중 투자했다.

레버러지와 IT기업에 투자된 자금은 장기 투자였으니 별로 신경 쓸 게 없었지만, 선물과 옵션은 다르다.

현재의 경제 상황과 연준의 움직임, 정치적인 이슈까지 전부 분석하고 판단을 내려야 수익을 올릴 수 있기에 이병웅은 저녁 시간을 이용해서 수집된 정보들을 꼼꼼히 챙겼다.

\*　　　　\*　　　　\*

이병웅은 기술 경영 수업을 마치고 캠퍼스를 따라 천천히 걸었다.

이렇게 걷다가 벤치에 앉아 있는 사람들에게 다가가 말을 걸고 대화를 나누는 것이 그가 시간을 보내는 방식이었다.

이렇게 그는 한 달 동안 100명이 넘는 사람들과 사귀었다.

'와아, 와아.'

뒷길 산책로를 따라 한참 걷다 보니 건물 쪽에서 사람들의 함성이 흘러나오는 게 들렸다.

갑작스러운 궁금증.

함성에 이끌려 자신도 모르게 건물로 들어가자 후끈한 열기가 다가왔다.

건물의 정체는 체육관이었고, 그곳에서는 농구 시합이 벌어지고 있는 중이었다.

함성 소리의 정체는 양쪽 편으로 나뉘어 구경하고 있던 학생들의 입에서 흘러나온 것이었다.

자신도 모르게 천천히 다가가 응원하는 학생들 뒤에 앉았다.

어차피 오늘따라 할 일이 없으니 구경이나 하다가 갈 생각이었다.

"농구 잘해요?"

"응?"

어느새 다가온 흑인 남자가 이를 활짝 드러내며 물었다.

외국인들이 한국 사람의 나이를 짐작하지 못하는 것처럼, 이병웅도 그의 나이가 추측되지 않았다.

다만, 그가 농구 유니폼을 입고 있는 걸 보면 학생임이 분명해 보였다.

"아니, 잘 못해요."

"그럼 여긴 왜 왔어요?"

"심심해서. 그런데 이런 농구 시합 자주 열려요?"

"그럼요. 펜실베이나에만 농구 팀이 50개나 있는걸요. 거의 매일 열린다고 보면 돼요. 그러고 보니 인사도 안 했네. 난 마이클이라고 합니다. 경영대 4학년. 만나서 반가워요. 갓 보이스 맨."

마이클이 손을 내미는 걸 서슴없이 잡았다.

갓 보이스 맨은 이병웅의 별명이었다.

'더 보이스 오브 아메리카'가 방송된 이후부터 미국인들은 그를 그렇게 불렀는데, 이젠 공식 팬클럽은 물론이고 세계 전체로 퍼진 상태였다.

뒤늦게 이병웅이 온 걸 확인한 학생들이 대화에 참여하기 시작한 건 두 사람이 악수를 끝낸 다음부터였다.

농구 시합은 뒷전으로 밀렸고 학생들은 초롱초롱한 눈으로 인사를 하면서 이병웅을 향해 시선을 고정시켰다.

그들의 말에 따르면 전공학부마다 농구 팀이 있는데 펜실베이니아는 농구가 가장 인기 있는 운동이라고 했다.

펜실베이니아 농구 팀은 NCAA에서 4강까지 들었을 정도로 전통 있는 명문이었다.

"혹시 농구 해 본 적 있어요?"

"대학 때 취미 삼아 조금씩. 그런데 잘 못해요."

"그럼 우리 팀에 들어오지 않을래요. 갓 보이스도 경영 전 공이잖아요?"

마이클이 제안하자 사람들이 함성을 질렀다.

어이가 없어 잠시 그들의 얼굴을 바라보며 잠시 동안 가만히 있었다.

그러자, 학생들이 허락을 받기라도 한 듯 웃으며 박수를 쳤다.

농구를 해 본 적이 언제던가.

대학 때 가끔씩 농구를 한 적이 있었지만 지금 코트를 누비고 있는 선수들에 비한다면 상대조차 되지 않을 실력이다.

대학생이라면 누구나 한 번씩 만져 봤을 정도에 불과했지만, 막상 농구 팀에 들어오란 제의를 받게 되자 불끈 호기심이 동했다.

어차피 이들은 동호회 수준의 농구 팀이었고, 자신은 수업이 끝나면 할일이 없는 사람이었으니 굳이 거절할 이유도 없었다.

"좋습니다. 대신, 난 일주일에 한 번만 참석할게요. 그래도 된다면 가입하죠. 괜찮겠어요?"

"우와, 만세!"

      \*          \*          \*

시간의 흐름은 물결처럼 잔잔하게 흐르지만, 어떤 사람에겐 그 흐름이 빠르게 느껴진다.

이병웅의 펜실베이니아 생활이 그렇게 흘러갔다.

3개월이 흐르는 동안 '제우스'의 투자 성과를 분석하며 커다란 지침을 내리고 경제와 관련된 최신 정보 분석을 게을리하지 않았다.

연준의 양적 완화가 시작된 후 본격적인 유동성 강화를 위해 돈을 무차별적으로 찍어 내 국채를 매입하면서 주가는 무섭게 상승하기 시작했다.

벌써 레버레지와 주식 투자로 얻은 수익금이 미국과 중국, 한국 시장을 전부 합해 5억 달러가 넘었으니 엄청난 상승장이었다.

시장은 지금도 멈추지 않고 무섭게 흘러가는 중이었다.

당연한 일이다.

돈 놓고 돈 먹는 투전판에서 무차별적으로 돈이 흘러 들어온다는 건 금융 투자가들에겐 땅 짚고 헤엄치는 것보다 돈을 벌기가 훨씬 더 쉬웠다.

낮에는 학업에 충실했으며 시간이 날 때마다 사람들을 사귀었고, 처음엔 호기심으로 시작했지만 시간이 갈수록 재미가 들려 일주일에 한 번씩은 꼭 농구 시합에 참여했다.

당연히 주전은 아니다.

자신의 실력은 최하 수준이었기 때문에 출장 시간이 길어야 10분 정도에 불과했다.

그것도 팀원들이 배려해 줘서 가능한 일이었지, 단순히 실력만으로 따진다면 출전이 불가능했을 것이다.

그럼에도 시간이 갈수록 점점 실력이 늘었다.

'밀애'를 장착하면서 얻어진 천부적인 운동신경은 농구공을 접할수록 빠르게 그의 농구 실력을 증진시켰다.

"와아, 와아!"

포인트 가드로 출전한 의예과와의 시합.

이병웅이 3점 슛을 성공시키자 관객석 쪽에서 커다란 박수갈채가 터져 나왔다.

매번 벌어지는 단순 친선 시합에 불과했지만, 농구장은 학생들로 가득 찬 채 연신 함성이 흘러나오는 중이었다.

당연히 이병웅 때문이다.

그가 농구 시합에 출전한다는 사실이 알려진 후 학생들은 경영대 시합이 있을 때마다 농구장을 찾기 시작했는데, 시간이 지날수록 그 숫자가 폭발적으로 늘어 3달이 지났을 땐 농구장이 꽉 차 들어가지 못한 사람들이 태반이었다.

'헤어진 후'에 이어 '청춘'이 빌보드 차트 1위를 장악했고, 뒤이어 발표된 신곡 '이별의 시'가 무섭게 치고 올라오면서 지금도 미국 텔레비전과 라디오에서는 하루에도 수십 번씩 이병웅의 노래가 흘러나온다.

비록 그가 학교를 다니며 가수 활동을 멈췄지만 그의 인기는 전혀 식을 기미를 보이지 않고 오히려 더 커져만 갈 뿐이었다.

\*　　　　\*　　　　\*

김윤호가 그를 찾아온 것은 여름방학을 10일 정도 남겼을 때였다.

그와는 수시로 연락을 취하고 있었는데, 이미 미국의 7대 도시 콘서트 일정이 확정된 상태였다.

이제 남은 것은 콘서트 준비와 입장권 발매뿐이었기 때문에 김윤호는 하루하루를 긴장감 속에서 살고 있었다.

"병웅아, 연습은 언제부터 할 거냐. 네가 말한 대로 편곡을 전부 끝냈고 밴드가 보름 전부터 연습에 들어갔어."

"방학 시작하면 바로 넘어갈게요. 처음이 뉴욕이죠?"

"응. 시티필드야. 수용 인원 4만 8천석의 거대한 공연장이지. 다른 도시들도 비슷한 규모의 공연장들을 섭외했다."

시티필드.

뉴욕메츠의 전용구장으로 만들어진 시티필드는 금년에 개장되었는데, 이 거대한 경기장에서 콘서트가 열리는 건 이병웅이 처음이었다.

"다 차겠어요?"

"무조건 찬다. 벌써부터 언론에서는 네 공연 날짜가 확정되자 난리가 난 상태야. 인터넷에서는 무슨 일이 있어도 입장권을 사겠다는 댓글들로 홍수가 났어."

"다행이군요."

"그나저나 이제 농구 그만해. 그러다가 다치면 어쩌려고 그러니. 제발 좀, 네 몸에 달린 수많은 식구들도 생각하고 살아라."

"취미로 살살 하는 겁니다."

"취미는 개뿔. 취미로 하는 게 텔레비전 뉴스에 나와? 네가 농구하는 거 전 세계가 알아."

"또 시작이시네. 사장님, 잔소리 그만하시고 밥이나 먹으러 가요."

"어디로?"

"학교 앞에 제법 괜찮은 식당들 많아요. 여기까지 오시느라 고생했으니까 오늘 저녁은 제가 살게요."

"이왕 사는 거 비싸고 맛있는 걸로 사. 스파게티 같은 거 말고."

"하하… 알았어요."

김윤호는 식사를 하면서 '이별의 시'가 얼마나 대단한 반향을 일으키고 있는지 거품을 물면서 설명을 했다.

'이별의 시'는 발매한 지 불과 5일 만에 각종 음원 차트를 싹쓸이하고 있었는데, 한국과 아시아에서 시작된 광풍은 유럽과 미국까지 넘어온 상태였다.

참 재밌는 세상이다.

인터넷이 보편화된 세상은 가수가 활동을 하지 않았음에도 뜨거운 인기를 지속시켜 주고 있었다.

김윤호는 이병웅의 콘서트 준비 기간이 짧은 것에 대해 걱정하지 않았다.

워낙 뛰어난 가창력을 지녔고, 이번 콘서트에서 부를 노래들은 그가 직접 선곡한 것이라 밴드만 완벽하게 받쳐 준다면 단시간 내에 준비를 마칠 수 있기 때문이다.

문제는 관객들을 환상 속으로 안내해 줄 무대장치와 이병웅의 동선이었다.

각종 특수 장치를 미리 알아야 콘서트의 진행을 무리 없이 이끌 수 있었다.

"초대 손님은요? 이번에도 '창공' 소속 가수들을 출연시킬 건가요?"

"아니."

"그럼요?"

"이번엔 미국 가수들과 배우들이 나올 거야."

"그건 또 무슨 소리예요?"

"네 콘서트가 확정되면서 우리 쪽으로 20여 명의 스타들이 직접 전화를 해 왔다. 너와 같이 콘서트에서 공연할 수 있다면 공짜로라도 출연할 테니 기회를 주면 좋겠다고 사정을 하더라."

"사장님, 진짜 너무하시네. 어떻게 갈수록 뻥이 커집니까. 그걸 저보고 믿으라고요?"

"뻥 아니다."

"웃지도 않고 그러니까 진짜 같잖아요."

"그중 이번 뉴욕콘서트 초대 손님으로 2명을 정했어. 하나는 너도 익히 안면이 있는 에비게일이고, 또 하나는 제인 에이미다. 둘 다 엄청난 스타들이지."

"진짜 이해가 안 되네요. 그런 스타들이 왜 나온답니까?"

이병웅이 어이없다는 표정을 지었다.

에비게일은 '더 보이스 오브 아메리카'의 심사 위원을 맡을 정도로 가창력이 뛰어난 가수였고 제인 에이미는 최근 들어 젊은 층을 매혹시키며 인기를 얻고 있는 댄스 가수로 그녀의 춤 실력은 현존하는 댄스 가수 중 독보적이었다.

하지만 김윤호의 표정은 이병웅보다 더 했다.

김윤호는 후식으로 나온 커피를 마시며 오히려 이병웅을 빤히 쳐다봤는데 입술 끝이 씰룩이고 있었다.

"야, 그걸 나한테 왜 물어. 도대체 그 여자들이 콘서트에 왜 나오고 싶어 하는지 진짜 궁금하니까 네가 직접 물어보고 나한테도 알려 주라."

*　　　　*　　　　*

JP 모건의 다이몬 회장은 뉴욕 전체가 내려다보이는 마천루에서 홀로 누군가를 기다리고 있었다.

금융가에서 그의 지위는 기다리게 만들면 모를까, 먼저 와서 누군가를 기다릴 위치가 절대 아니다.

그럼에도 그는 소파에 앉지도 못한 채 초조한 표정으로 연신 시계를 체크하며 문에서 시선을 떼지 못했다.

두 사람이 문을 열고 들어선 것은 정확히 시침이 오후 3시를 가리켰을 때였다.

어쩜 이럴 수가 있단 말인가.

마천루의 복도에는 개미 새끼 하나 보이지 않았는데 그들은 밖에서 기다리고 있다가 들어온 것처럼 정확하게 약속 시간에 맞춰 룸으로 들어왔다.

"오랜만이오, 다이몬 회장."

"총수님들을 뵙습니다."

다이몬 회장이 허리를 구십 도로 꺾어 최대한의 공경을 담은 채 인사하자 물소 가면을 쓴 자가 손을 까닥하며 먼저 소파에 앉았다.

그 뒤를 따라 마주 보고 앉은 자는 정교하게 조각된 산양 가면을 쓰고 있었는데, 입을 먼저 연 건 바로 그 사람이다.

"회장, 지금까지 풀린 돈이 얼마나 됩니까?"

"은행과 기업의 파산을 막기 위해 8,000억 달러를 쏟아부었습니다. 그리고 경제 활성화를 위해 국채 매입에 1조 달러를 투입한 상태입니다. 연준에서는 앞으로도 6개월간 7,000억 달러를 더 집행할 계획입니다."

"좋군, 하지만 그것 가지고는 부족해. 연준을 압박해서 더 풀도록 만드시오."

"총수님, 금년 말까지 풀리는 돈을 합치면 2조 5,000억 달러나 됩니다. 그것도 우리 쪽에서 계속 압박했기 때문에 어쩔 수 없이 연준에서 결정한 것입니다. 만약 여기서 더 양적 완화를 한다면 세계경제에 엄청난 부작용이 생깁니다."

산양 가면의 말을 들은 다이몬 회장이 얼굴을 굳히면서 안 된다는 듯 고개를 흔들었다.

1930년부터 금융 위기가 발생한 2008년까지 미국정부가 찍어 낸 돈은 약 9,000억 달러에 불과했다.

이것만 봐도 현재 미국을 뒤흔든 금융 위기가 얼마나 컸는지 짐작할 수 있다.

금융 위기가 발생 후 지금까지 1조 8,000억 달러를 풀었음에도 미국 경제는 추락을 거듭하고 있는 중이었기 때문에 연준에선 자신의 의견을 받아들여 향후 6개월간 7천억 달러를 더 찍는 것으로 계획한 상태였다.

하지만 단시간 내에 퍼부은 막대한 화폐는 현재의 위기를 봉합시키겠지만 그것은 곧 마약처럼 사회를 몽롱하게 만들 것이다.

그런데 더 찍으라니.

얼마나 더 찍으라는 건 모르겠지만, 산양 가면의 말투로 봤을 때 결코 적지 않을 거란 판단이 들었다.

"당신 참 재밌군. 언제 봐도 당신은 꽤나 휴머니스트 같아. 그래서 내가 당신을 좋아하지. 비록 우리가 추구하는 세상과는 어울리지 않지만 볼 때마다 항상 신선하거든."

"…총수님."

"돈을 더 풀어야 됩니다. 돈이 흘러 넘쳐야 인간들의 탐욕이 커지고 우리의 지배력이 더욱 커지거든."

"여기서 돈을 더 풀면 인플레이션이 급속하게 치솟게 됩니다. 일부는 탐욕 속에서 이득을 취하겠지만, 나머지 대다수의 사람들은 더욱 더 궁핍해지고 사회는 혼란에 빠져들게 될 것입니다."

"아니, 그렇지 않아. 한정된 수준까지 돈을 찍어 내도 우리 슈퍼컴퓨터로 계산해 본 결과, 미국과 세계경제는 문제가 없소."

"한정된 수준이라면 얼마를 말씀하시는 겁니까?"

"추가로 2조 달러."

"허억, 그런 말도 안 되는……."

다이몬 회장의 얼굴이 이번에는 시커멓게 죽었다.

산양 가면의 말대로라면 연준이 계획한 금액까지 합했을 때 4조 5,000억 달러가 된다.

백 년 동안 찍어 낸 달러를 불과 2년 반 만에 5배나 찍으라는 건 인류를 불구덩이로 밀어 넣는 것과 마찬가지였다.

그럼에도 산양 가면의 자세는 조금도 흐트러지지 않았다.

"가능하오. 우린 인류를 지옥으로 몰아넣을 생각이 없어. 그렇게 할 이유도 없고. 인류가 있어야 그들을 지배하며 우리가 여전히 찬란한 광명 속에서 살아갈 텐데, 왜 인류를 죽이겠소."

"그렇다면 다른 복안이라도 있단 말입니까?"

"크크크… 지금부터 슈퍼컴퓨터에서 도출한 결론을 알려 줄 테니 잘 들으시오. 달러의 일부는 중국으로 수출해서 경제를 살릴 수 있소. 지금 중국 경제 GDP는 연 13% 성장을 거듭하고 있으니 우리가 찍어 낸 달러의 30%를 중국과 이머징 국가들이 소화하게 될 것이오."

"그렇다 해도 여전히……."

"나머지 30%는 금융시장에 박아 넣으면 됩니다. 당신도 알다시피 지금 주가가 상승 중이잖소. 금융시장에서 30% 정도는 충분히 받아 줄 수 있을 것이오. 경제가 살아나면 나머지 40% 정도는 회수가 가능하겠지."

"아무리 그래도 그 막대한 돈을 금융시장에서 받아 줄 수 있을까요?"

다이몬이 어떤 사람인가.

세계 최대 투자은행인 JP 모건의 수장이었고 경영과 경제의 대가였다.

그런 사람이 쉽게 수긍하지 못하는 건 현재 연준에서 찍어 내는 돈이 본원통화 M1이기 때문이다.

본원통화 4조 5천억 달러는 은행 지준률을 5%로 감안했을 때, 시중에서 유통되는 돈이 100조 달러로 변하게 된다.

100조 달러는 한국 돈으로 10경이었으니 천체물리학에서나 쓰는 단위다.

"회장, 당신이 현대경제학의 권위자라는 걸 나도 잘 알고 있습니다. 그러나 당신은 인간의 탐욕에 대해서는 잘 모르는 것 같구려."

"아무리 인간의 탐욕이 크다 해도 그 막대한 유통화폐를 품을 수 없습니다. 제가 봤을 때 그 화폐량을 감당하기 위해서는 현재보다 최소 500% 이상 주가가 상승해야 가능합니다. 옛날 일부 IT주들이 엄청난 상승을 보인 적이 있지만 전체 주가가 그렇게 상승한다는 건 불가능한 일입니다."

"왜 안 된다고 생각하오?"

"사람들의 탐욕은 한계가 있기 때문입니다. 과거 IT 버블 때도 사람들은 탐욕에서 미련 없이 벗어나는 행동을 보였습니다."

"하하하… 한편으로는 맞는 것 같지만 당신의 말은 틀렸소. 이번에는 우리가 그렇게 되지 않도록 만들 것이기 때문이오. 물론, 마지막 순간은 어쩔 수 없겠지만 그땐 새로운 시스템이 가동될 테니 전혀 걱정할 필요가 없어."

자신의 반발을 들은 산양 가면이 유쾌하게 웃자 다이몬 회장의 어깨가 풀썩 가라앉았다.

그때서야 그의 웃음에서 조직의 정확한 의도가 짐작되었다.

돈이 풀리면 풀릴수록 자신이 속한 조직은 인간 권위의 정점에 더욱 다가설 수 있게 된다.

조직은 전 세계에 풀린 막대한 자금을 빨아들이며 지배자로서의 입지를 더욱 공고히할 계획임이 분명했다.

그때 지금까지 조용히 앉아 있던 물소 가면의 입이 천천히 열렸다.

"자, 그럼 오늘 당신을 부른 진짜 용건에 대해 지시를 내리겠소."

"하명하십시오."

"오늘부터 베이스턴스를 이용해서 실버를 매집하시오."

"실버를 말입니까, 그걸 왜……?"

"참, 말이 많군. 신선함이 계속되면 반항으로 보인다는 걸 모르나?"

"…죄송합니다."

"시장에 나온 물량은 살 수 있는 만큼 전부 다 사시오. 당연히 베이스턴스를 이용해서 선물시장의 실버 가격을 찍어 눌러야겠지?"

"알겠습니다."

총재들의 지시는 마스터로부터 내려온다.

가끔 가다 이유를 알려 주는 경우도 있으나, 대부분의 지시는 그 이유를 말해 주지 않았다.

물론 JP모건의 정보력과 세계경제가 돌아가는 판을 보면서 뒤늦게 눈치챘지만, 이들은 지시를 내리면서 이유를 말해 주지 않는 게 관행이었다.

아… 베어스턴스.

금융 위기로 인해 베어스턴스가 파산되면 즉각 인수하라는 지시를 받고 행동에 옮겼지만 그 이유를 몰랐었는데, 지금에 서야 그 이유가 명확하게 드러났다.

조직은 금은 선물시장 최강자인 베어스턴스를 이용해서 은을 매집할 생각인 것 같았다.

그런데 도대체 왜 은을 매집하려는 걸까?

다이몬 회장은 더 이상 머리를 굴리지 못하고 물소 가면을 향해 시선을 주었다.

그의 입에서 다시 지시가 떨어졌기 때문이었다.

"두 번째 지시를 말하겠소. 작년에 사토시 나카모토란 자가 비트코인이란 걸 개발했습니다. 그걸 매집하시오. 천천히, 신중하게, 남들이 눈치채지 못하도록. 무슨 뜻인지 알겠소?"

제29장
콘서트

　마이클은 회사에서 가져온 노트북 2대와 집에 있는 컴퓨터를 점검한 후에야 아침 식사를 마쳤다.

　아내인 제인과 세상에서 가장 사랑하는 딸 수잔의 얼굴은 긴장한 기색이 역력했는데, 어젯밤부터 그들은 잠을 이루지 못한 채 계속 뒤척거렸다.

　시간이 흘러 어느새 11시에 다가가자 자신도 모르게 긴장이 되기 시작했다.

　처음엔 그저 딸의 생일 선물 정도로 생각했지만, 인터넷을 뜨겁게 달구는 열기를 확인하고부터 이게 절대 만만한 일이 아니란 판단이 들었다.

한편으로 생각해 보면 어처구니없는 일이었다.

딸의 생일 선물을 마련하기 위해 휴가까지 냈으니 사장이 알면 미쳤다고 할지 모른다.

그럼에도 컴퓨터에 앉아 인터넷 사이트에 접속하고 결연한 마음으로 아내와 딸을 쳐다봤다.

그가 전부 준비를 마치자 아내와 딸은 각자 컴퓨터를 차지하고 앉았는데, 딸의 얼굴은 꼭 금방이라도 울 것만 같았다.

"걱정하지 마. 잘될 거야."

"아빠, 만약 안 되면 어쩌지. 난 너무 떨려."

"수잔, 엄마도 그래. 하지만 우리는 최선을 다하고 있잖아. 그러니까 반드시 얻게 될 거야."

이제 남은 시간은 5분.

그녀들의 손이 바들바들 떨리고 있었다.

18살인 수잔 못지않게 아내인 제인도 이병웅의 콘서트를 학수고대하며 기다렸다.

그 역시 이병웅의 노래를 좋아하지만 아내와 딸의 반응은 그야말로 광적이었다.

이윽고, 정각 11시가 되자 드디어 콘서트 입장권 발매를 알리는 정보가 떴다.

세 사람이 동시에 미친 사람처럼 손을 놀렸지만 갑자기 컴퓨터가 버벅거리기 시작하며 화면이 넘어가지 않았다.

"까악!"

딸아이에게서 들려온 비명 소리.

수잔은 몸을 벌벌 떨며 움직임을 멈춘 사이트 화면에 시선을 고정시킨 채 연신 비명을 질렀다.

아내가 급히 끌어안았지만 수잔의 떨림은 쉽게 멈추지 않았다.

절망.

그래 맞다.

딸아이의 온몸은 절망에 젖어 비에 맞은 참새처럼 오들오들 떨고 있었다.

한숨을 길게 흘리며 자리에서 일어나 아내가 안고 있는 딸아이의 몸을 쓰다듬어 주었다.

도대체 이게 무슨 일이란 말인가.

IT 분야에서 일을 하는 그였기에 지금 컴퓨터에서 벌어지고 있는 현상이 한꺼번에 많은 사람들이 접속하면서 벌어졌다는 걸 금방 알 수 있었다.

미국 최대의 티켓 판매 사이트였고 뉴스에서 이번 이병웅의 콘서트 때문에 용량을 증가시켰다고 했음에도 사이트는 단 5분 만에 맛이 가 버렸던 것이다.

휴우.

트래픽이 걸리기 전 자신은 다행스럽게 주문 클릭을 마쳤지만, 아내와 딸은 하지 못한 것 같았다.

지금 딸이 저렇게 울고 있는 것도 주문을 하지 못했기 때문이다.

"수잔, 아빠가 주문을 했어. 아직 결과가 나오지 않았지만 주문을 입력했으니까 우리 기다려보자."

"정말, 했어요?"

"응. 화면을 보면 시스템이 다운된 것 같진 않아. 단지 한꺼번에 많은 접속자 때문에 트래픽이 걸린 것 같아. 그러니까 기다려 보자."

아빠의 말을 들은 수잔이 눈물을 멈췄지만 아내는 커다란 기대를 하지 않는 것 같았다.

주문을 완료한 건 다행이었지만, 거대한 용량을 지닌 티켓 판매 사이트까지 멈춰질 정도라면 입장권을 얻는다는 건 결코 쉬운 일이 아닐 것이다.

세 사람의 눈은 컴퓨터 화면에서 떨어지지 못했다.

긴장된 시간의 연속.

그토록 꼼짝하지 않았던 컴퓨터 화면이 바뀐 건 제인이 그 긴장을 견디지 못하고 물을 가져 오려고 일어설 때였다.

"수잔, 됐다. 됐어. 이거… 봐. 우리가 콘서트표를 얻었어."

"진짜예요?"

"내가 왜 거짓말을 하겠니. 우린 콘서트에 갈 수 있게 됐어."

"어… 흐윽… 정말 가는 거죠. 우리 콘서트에 정말 가는 거죠."

뒤늦게 화면을 확인한 수잔이 눈물을 펑펑 흘리며 엄마의 손을 쥔 채 방방 뛰었다.

제인의 반응도 딸에 못지않았다.

그녀는 눈물을 흘리지 않았지만 딸의 손을 쥔 채 함박웃음을 짓고 있었는데, 세상을 다 가진 여자처럼 행복하게 보였다.

*          *          *

미국 전역을 휩쓸어 버린 이병웅의 뉴욕콘서트 입장권 판매.

뉴욕콘서트를 보기 위한 사람들의 행동은 발매 전부터 인터넷을 뜨겁게 달구었는데, 입장권 판매가 전부 끝났을 땐 미국 전역이 폭탄을 맞은 것 같았다.

입장권을 구하지 못해 울고 있는 사람들의 모습과 티켓에 성공해서 펄쩍펄쩍 뛰며 기뻐하는 동영상들이 인터넷에 수도 없이 올라왔다.

언론 역시 가만있지 않았다.

입장권 판매 당시 벌어졌던 일들을 상세하게 소개하며 뉴스로 소개했는데, 48,000석이 단 5분 만에 매진된 건 역사상 처음 있는 일이라고 전했다.

하지만 무엇보다 화제를 몰고 온 건 백혈병에 걸린 클로이였다.

15살의 소녀 클로이는 백혈병에 걸려 1년 전부터 투병 생활을 하고 있었음에도 이번 이병웅의 콘서트를 반드시 보겠다는 일념으로 병원에서 티켓 전쟁에 참여했다.

친구들과 부모, 심지어 친척들까지 전부 나선 건 점점 병세가 악화되고 있는 그녀의 소망을 들어주고 싶었기 때문이었다.

그 과정을 친구 중 하나가 영상으로 남겼는데, 티켓 획득에 실패한 클로이의 절망이 생생하게 인터넷에 소개되면서 화제를 불러일으켰다.

인터넷의 각종 블로그와 사이트에서는 클로이의 사연을 보며 티켓을 양보해 줄 사람을 찾았지만 3일이 지난 지금까지 아무도 나서지 않았다.

시간이 지나면서 사람들의 관심도 점점 사라졌다.

누가 누구를 원망한단 말인가.

티켓을 구한 사람들 역시 엄청난 노력 끝에 얻었다는 걸 너무나 잘 알기에 사람들은 티켓을 쉽게 포기하지 못한 사람들을 원망하지 못했다.

그런 배경은 클로이처럼 화제가 되진 못했지만 티켓을 얻지
못한 사람들의 안타까운 사연들이 셀 수 없이 올라왔기 때문
이다.


                    *           *           *


"사장님, 100장만 풉시다."

"병웅아, 우리한테 남은 표가 딱 100장이다. 그중 50장은
네 팬클럽 회원들한테 줘야 하고 나머지 50장은 이번 콘서트
를 도와준 사람들한테 주기로 되어 있어."

"최대한 빼 봐요."

빤히 이병웅이 쳐다보자 김윤호가 입맛을 쩍쩍 다셨다.

하여간 귀신같은 놈.

자신이 개인적으로 쓰기 위해 20장을 남겨 놓은 걸 이미
알고 있는 눈치였다.

그럼에도 100장은 말도 안 된다.

"내가 10장 정도는 마련할 수 있지만, 다른 건 안 돼. 네 팬
클럽에 배정된 것도 미국회장단과 지역회장들한테 주는 거라
뺄 수가 없어. 걔들이 널 위해 노력한 걸 생각해 봐."

"다른 방안을 강구해 봐요."

"다 팔린 표를 어디서 구해 와. 정말 이젠 쥐어짜도 안 된다

니까!"

"사장님, 무대 제일 앞쪽에 100석을 추가시키죠. 스탠드석을 조금 뒤로 밀면 가능하지 않겠어요?"

"아이고, 미치겠네."

물론 안 될 일도 없다.

스탠드석은 개인당 공간을 대략 계산해서 산정했기 때문에 100명 정도 끼워 넣는 건 그리 어려운 일이 아니었다.

그럼에도 혼쾌히 대답하지 못한 건 무대 제일 앞쪽에 VVIP석이 포진되어 있기 때문이었다.

미국 측에서는 대중들 모르게 VVIP석의 판매를 요구했었는데, 그 숫자가 500장이었다.

이병웅의 말대로 한다면 그들 앞에 100석이 추가된다는 건데, 그럴 경우 미국 쪽에서 항의가 들어올 가능성이 컸다.

이병웅은 그런 내용을 잘 알고 있으면서 순진한 눈망울로 자신을 쳐다보고 있는 것이다.

"우리가 사회적 약자들을 위해 배려한다면 미국 쪽에서도 어필하기 어려울 겁니다. 물론 언론 플레이를 해야겠죠. 착한 일을 모르게 하는 건 바보나 하는 짓이니까요."

"미친다, 진짜."

"오늘 발표하세요. 그리고 이번 뉴욕콘서트에서 벌어들인 수익 중 30%를 슬럼가의 가난한 사람들을 위해 기부한다는 것도 알려 주세요. 물론 사장님 거 말고 내 수익 중에서."

"너… 그거 정말이야?"

"왜요?"

"뉴욕콘서트만 해도 네가 버는 게 150억이 넘어. 그런데 30%를 내놓는다는 게 말이 돼!"

"말 됩니다. 세상은 언제나 기브 앤드 테이크로 이뤄지거든요. 내가 먼저 내놓으면 그 이상이 나한테 돌아와요. 그런데 못 내놓을 이유가 뭡니까?"

"휴우."

"그리고 한국 언론에도 공연 수익의 30%를 한국의 불우 아동과 독거노인을 돕는 데 쓰겠다고 발표하세요."

"너 진짜 미쳤구나!"

"미친 게 아니라 영악한 거죠. 가수의 인기는 바람과 같고 누군가의 시기심과 질투 속에서 쉽게 사라질 수 있어요. 내가 사람들을 돕는 건 보험을 드는 겁니다. 나를 쉽게 잊지 말아 달라는 간절한 보험 말입니다."

가수가 번 돈 대부분을 사회에 환원한다는 건 대중의 사랑을 먹고 사는 입장에서 봤을 때 어느 정도 동감할 수 있겠지만 이병웅처럼 하는 놈은 아무도 없다.

어떤 놈이 이병웅처럼 할 수 있단 말인가.

연예인들 중에는 지속적으로 불우한 사람들을 돕기 위해

기부하는 사람들도 있지만 그들과 이병웅의 행동은 돈의 단위부터 달랐다.

벌써 이병웅이 한국에서 기부한 돈이 100억에 육박했는데, 그의 말대로 콘서트에서 얻은 수익의 30%를 내놓는다면 그 돈이 최소 300억에 달할 것이다.

거기에 미국 쪽까지 감안한다면?

그랬기에 김윤호는 이병웅을 바라보며 아무 말도 하지 못했다.

기브 앤드 테이크.

그것도 분수가 있지 이병웅의 행동은 아무리 생각해도 철철 흘러넘친다.

마치 더 많은 돈과 인기를 얻기 위한 것처럼 말하고 있지만, 사회적 약자에 대한 동정심이 없다면 절대 하지 못할 일이 분명했다.

"너, 예수냐. 부처냐?"

"무슨 소립니까?"

"그게 아니면 뭐야? 왜, 돈에 대한 욕심이 없냐고. 지금은 인기가 있다고 그렇게 돈을 펑펑 써 대는데, 만약에 네가 불행해지면 사람들이 널 도울 것 같아? 절대 안 그래. 그러니까 정신 차려."

"그렇게 해도 남는 돈 많아요."

"제발 그러지 마라. 정 하고 싶으면 금액을 줄여. 10%만 기부해도 사람들은 네 선행을 두고두고 기억할 거야."

"괜찮으니까 내 말대로 해요."

"네가 자꾸 그렇게 하면 '창공'도 번 돈의 일부를 내놔야 해. 너만 내만 나는 뭐가 되냐."

"안 그래도 돼요. 기부는 내가 필요해서 하는 거라고 몇 번이나 말해요?"

"웃기지 마!"

김윤호가 소리를 빽 지르자 이병웅이 기묘한 웃음을 흘려냈다.

당연히 그의 입장에선 이해하지 못할 것이다.

자신의 진정한 정체를 모르는 그의 입장에서 지금 그가 하는 행동이 미래를 대비한 포석이란 걸 어찌 알겠는가.

"어쨌든 그렇게 하시고, 사장님 미국에서 친하게 지내는 기자들 있죠?"

"친한 건 아니고 콘서트 때문에 몇 번 만난 애들은 있지."

"그럼 그 사람들 중 한 명만 부르세요."

"왜 한 명만 불러. 그 정도 특종 정도면 최소 수십 명은 불러야지. 내가 '창공' 이름으로 기자회견을 할 테니 넌 신경 쓰지 마. 그런데 정말 그렇게 해야 되냐. 다시 생각해 보면 안 돼?"

김윤호가 여전히 불만에 가득 찬 표정으로 다시 물었다.

아무리 생각해도 받아들이기 힘든 것 같았다.

하지만 이병웅은 그의 불만을 잠재우기라도 하듯 하던 말을 계속 이어 나갔다.

"다른 일 때문에 부르는 겁니다. 슬쩍 부르세요. 오늘 특종 잡을 수 있다 하면 총알같이 달려올 겁니다."

"또 뭘 꾸미는 거야. 빨리 말해, 답답하게 만들지 말고!"

<br>

*          *          *

<br>

뉴욕타임지의 민완 기자 로건은 김윤호의 전화를 받자마자 차를 몰아 컨티넨탈 호텔로 득달같이 달려왔다.

이병웅이 미국으로 넘어온 이후부터 그는 이병웅을 전담하고 있었는데, 윗선에서도 그에겐 다른 일을 맡기지 않았다.

워낙 이병웅의 인기가 뜨거웠고 그에 관한 모든 것이 특종이 되어 보도되기 때문이었다.

최근에는 회사에서 그의 위치가 한층 올라갔다.

본격적으로 콘서트 일정이 가동되면서 이병웅과 관련해 그가 쓴 기사들이 데스크에서 커트된 건 한 번도 없었다.

아니, 오히려 국장은 더 많은 기사를 가져오라며 닦달을 했는데, 최근에는 그토록 깐깐하던 경비 사용 한도를 무한대로 풀어주기까지 했다.

차를 파킹하고 뛰듯 걸어서 로비로 올라가자 김윤호가 기다리는 게 보였다.

자신은 운이 좋은 사람이다.

김윤호가 미국으로 왔을 때 저녁을 사 주었는데, 그게 인연이 되어 무슨 일이 있으면 자신에게 제일 먼저 전화를 해 주었다.

"미스터 김, 오늘 컨디션 어때? 병웅, 콘서트 준비는 잘돼?"

"그거야 뭐. 빨리 왔네. 난 10분 정도 더 걸릴 줄 알았는데."

"난 언제나 스탠바이 상태라구. 미스터 김이 전화해 주기만 기다리고 있는데 늦장 부릴 수는 없지. 그래, 오늘은 나한테 어떤 선물을 해 줄 건가. 혹시, 그거야?"

"욕심도 많아. 그건 안 된다니까."

"왜 안 돼. 조금만 보여 줘. 어차피 콘서트하면 다 나올 텐데 연습 장면 조금 보여 주는 게 뭐가 어려워. 미스터 김, 제발 한 번만… 내가 진짜 좋은 곳에 가서 술 살게."

"됐고. 목적지 말해 줄 테니까 자넨 먼저 출발해. 우린 10분 정도 있다가 출발할게."

"우리라니? 그 우리 속에는 병웅도 포함되어 있어?"

"병웅이가 안 가면 자넬 왜 불렀겠나."

"와우, 좋아. 거기가 어딘데?"

"프래즈브테리언 종합병원."

"뭐야. 병웅, 아픈 거야? 어디가 아픈데!"

"머리 돌아가는 수준하고는. 자네 뉴욕타임즈 민완기자 맞아?"

"그럼 왜 병원엘 가… 헉, 거기 가는 게… 설마."


*　　　　*　　　　*


15살의 소녀 클로이.

그녀는 착하고 활달했으며 공부를 잘해 장래가 창창했던 꿈 많은 소녀였다.

비록 부유한 가정은 아니었으나 부모들은 그녀를 사랑했고 친구들과 우정을 키워 가며 행복한 나날들을 보내고 있었다.

그러나 그런 행복은 1년 전 찾아온 백혈병으로 인해 산산 조각 깨지고 말았다.

울지 않으려 노력했다.

자신이 울면 사랑하는 엄마, 아빠가 아파한다는 걸 안 이후부터 눈물 대신 웃음을 보이려 애를 썼다.

병원 생활을 하면서 그녀의 유일한 희망은 이병웅의 노래를 듣는 것이었다.

꿈 많았던 그녀의 가슴속으로 그가 들어온 것은 병원에 입원하고 한참이 지난 후였다.

동양의 신비로운 남자.

영화에서 또는 드라마에서 잘생긴 남자들을 수없이 봤지만, 그 사람처럼 그녀의 마음을 사로잡은 남자는 처음이었다.

가장 행복했던 시간은 문병을 온 친구들과 그에 대한 이야기를 나눌 때였다.

모든 것이 즐거웠다.

그의 노래, 그의 뮤직비디오, 심지어 그가 출연한 광고를 보면서 그에 관한 얘기를 할 때면 자신이 아프다는 것까지 잊어버릴 정도로 행복했다.

그러던 어느 날.

그가 콘서트를 가진다는 소식을 들은 이후 그녀의 삶은 온통 그곳에 집중되었다.

어리지만 그녀도 알고 있었다. 백혈병이란 불치병에서 벗어날 수 없다는 것과 그녀의 삶이 결코 많이 남지 않았다는 것을.

어렵지만 움직일 수 있는 지금, 그의 모습을 직접 볼 수만 있다면 불행했던 자신의 삶을 웃으면서 마무리 지을 수 있을 것 같았다.

그러나 신은 너무 지독해서 그녀의 마지막 소망까지 빼앗아 갔다.

콘서트표를 얻지 못했을 때, 그녀는 화장실로 들어가 머리털이 하나도 남아 있지 않은 자신의 머리를 끌어안은 채 원 없이 울었다.

왜 신은 나에게 이런 불행을 계속 주는 것일까.

내가 뭘 그렇게 잘못했다고 나한테만 이러는 거야.

많은 것을 바란 게 아니잖아. 많은 걸 바라지 않았어…….

될 수 있으면 아파하는 부모님을 위해 울지 않으려 했으나, 클로이는 문득문득 창밖을 바라보며 눈물을 흘렸다.

절망.

아무것도 뜻대로 되지 않는 세상이 미웠고, 불치병에 걸리는 몸으로 낳아 준 부모님과 여전히 건강한 모습으로 병문안 오는 친구들도 미웠다.

그들로 인해 불행해진 게 아니란 걸 알지만, 절망에 빠져 버린 그녀의 마음은 모든 것을 외면한 채 자신의 불행 속으로 빠져들었다.


*          *          *


로건은 차를 몰고 병원으로 달려가면서 핸드폰을 들고 소리를 바락바락 질러 댔다.

"몇 번이나 말해. 카메라하고 촬영 팀까지 보내라고 했잖아,

최대한 빨리. 난 지금 운전 중이고!"

전화를 던져 놓은 로건의 얼굴이 긴장으로 인해 벌겋게 달아올랐다.

이건 특종 중의 특종이다.

김윤호의 태도를 보니 오직 자신에게만 연락을 취한 게 분명했다.

아이고, 하나님 감사합니다.

대충 그가 왜 자신만 불렀는지 짐작이 갔다.

선행을 베풀면서 많은 기자들을 부른다는 게 께름직했을 거야.

물론 특종은 자신만의 것이다.

그럼에도 촬영 팀까지 부른 건 다른 생각이 있었기 때문이다.

이병웅이 병원에 도착하는 장면부터 클로이를 만나는 장면까지 전부 촬영된 동영상만 있으면, 뉴욕타임지는 물론 그동안 콧대를 세우던 방송사를 전부 물 먹일 수 있었다.

미국 3대 메이저 방송사는 물론이고 뉴스로 독보적인 지위를 누리고 있는 CNN까지 전부 자신의 발밑에서 낑낑거리게 만들 수 있단 뜻이다.

'창공'의 기자회견은 저녁 8시에 있다고 했으니 병원 특종이 전부 나간 다음이다.

아마, 그때쯤이면 모든 기자들이 자신을 우러러보며 부러워하겠지.

생각만 해도 가슴이 떨렸다.

기자로서 이런 특종을 잡게 된 건 천운 중의 천운이 분명했다.


*　　　　*　　　　*


학교에 있을 때는 그렇지 않았지만, 이병웅이 콘서트를 위해 뉴욕으로 온 이후부터 김윤호는 경호에 만전을 기했다.

그가 가는 곳마다 소대 병력의 경호원이 움직였지만, 병원에 올 때는 이병웅의 요청으로 3명만 데려왔다.

경호원들이 통로를 확보하자 정두영이 먼저 걸어 나갔고 이병웅과 김윤호가 그 뒤를 따랐다.

경호원들은 사람들이 알아채지 못하도록 움직여 먼저 엘리베이터를 확보했으나 이병웅이 나타나자 병원 홀이 금방 소란스럽게 변했다.

종합병원답게 홀에는 수많은 사람들이 있었는데, 하나둘씩 이병웅의 출연을 눈치채며 다가왔기 때문이었다.

미국인들도 이젠 이병웅의 모습을 금방 알아본다.

언론 매체와 인터넷에서 온통 이병웅의 모습이 노출되었기 때문인데, 거기엔 뉴욕타임지에서 나온 촬영 팀이 한몫했다.

다른 장소였다면 멈춰 서서 그들과 함께 일정 시간을 보냈겠지만, 이병웅은 경호원들이 잡아 놓은 엘리베이터를 타고 곧장 병실로 올라갔다.

이미 클로이가 입원한 병실을 알고 있었기 때문에, 병원 측에 별도로 문의할 필요성이 없었다.

10층으로 올라가 중환자 안내 데스크에 다가갔을 때, 접수를 맡고 있는 간호원들이 이병웅의 얼굴을 확인한 후 비명을 질렀다.

면회 신청을 하기 위해 어쩔 수 없이 멈춘 건데, 간호원들의 반응에 여기저기서 사람들이 몰려왔다.

빠르게 접수를 하고 병실로 향했다.

복도에서 시간을 지체한다면 병실에 들어가는 것조차 어려워질 것 같았다.

오면서 클로이의 상태를 들었다.

그녀는 요즘 절망에 빠져 하루 종일 아무런 말도 하지 않은 채 창밖을 멍하니 바라본다고 했다.

활발한 아이라고 들었는데 이번 일로 상처를 많이 받은 것 같았다.

병실은 6인용이었고 클로이의 침대는 가장 끝 쪽에 있었다.

어수선하다.

그가 들어서자 먼저 정체를 확인한 사람들이 놀라면서 소음이 생겼는데, 카메라까지 들어오자 소란이 더욱 커졌다.

이병웅은 입에 손을 대서 그런 소음을 잠재우고 천천히 클로이를 향해 다가갔다.

그녀는 침대에 누워 잠에 빠져 있었다.

간이 의자에 앉아 있던 40대 여자가 마치 귀신을 본 것처럼 자리에서 벌떡 일어나는 게 보였다.

아마, 그녀가 클로이의 엄마 카밀라인 것 같았다.

"저는 클로이를 만나려고 왔습니다. 잠시 여기 앉아서 클로이가 깰 때까지 기다려도 될까요?"

"그럼요, 그럼요……."

클로이를 깨우지 않기 위해 조용히 빈 의자에 앉은 후 카밀라와 작은 목소리로 이야기를 주고받았다.

인터넷을 통해 클로이에 대해 알게 되었다는 것, 그리고 그녀가 힘을 낼 수 있도록 도와주고 싶었다는 것들을 이야기했고, 그녀로부터 클로이의 절망이 얼마나 컸는지에 대해 들었다.

카밀라는 연신 눈물을 흘렸는데, 이병웅이 여기까지 온 게 아직도 믿기지 않는 것 같았다.

얼마나 시간이 지났을까.

잠에 빠져 있던 클로이가 뒤척거리며 깨는 것이 보였다.

그때를 이용해서 카밀라가 클로이의 몸을 조심스럽게 흔들었다.

"클로이, 일어나 봐. 클로이… 누가 와 있는지 봐야 해. 널 만나기 위해 병웅이 여기에 와 있어."

아직 잠에서 덜 깬 클로이의 귀에 대고 카밀라가 소근거리자 뒤척이던 클로이의 몸이 멈췄다.

그러더니 눈을 뜬 후 천천히 엄마의 얼굴에서 시선을 옮겨 이병웅 쪽을 바라봤다.

점점 커지는 눈. 그리고 벌어지는 입술.

"클로이, 내가 누군지 알겠니?"

"그럼요, 당연히 알죠. 당신은 나의 왕자님인걸요."

클로이가 자리에서 힘들게 일어난 후 이게 꿈인지 확인하려는 듯 자신의 눈을 마구 비벼댔다.

그런 후에도 이병웅의 모습이 보이자 갑자기 눈물을 쏟기 시작했다.

"정말 병웅이죠? 내가 꿈꾸는 거 아니죠?"

"그럼, 당연하지."

"오빠!"

클로이가 침대를 넘어 이병웅의 품으로 파고들었다.

마치 허깨비처럼 마른 몸.

이병웅이 팔을 내밀어 그녀의 몸을 조심스럽게 안는 순간,

기다렸다는 듯 카메라 플래시가 요란하게 터졌다.

그럼에도 이병웅은 그녀를 안은 채 한동안 가만히 있었다.

"클로이, 나를 보니까 좋아?"

"좋아요. 너무 좋아요!"

안긴 채 소리치는 그녀를 보며 이병웅이 가만히 머리를 쓰다듬었다.

이 아이에게도 풍성하고 아름다운 머리칼이 있었겠지.

가슴이 싸하게 아파 왔고 자신을 사랑해 주는 그녀가 너무나 예쁘게 보였다.

"클로이, 마음 같아서는 이곳에서 너만을 위한 노래를 불러주고 싶은데 아무래도 그건 어려울 것 같아. 대신에, 선물을 주면 안 될까?"

"어떤 선물요?"

"콘서트 티켓. 무대에서 가장 가까운 곳이라 오빠가 노래부르는 모습을 잘 볼 수 있을 거야. 엄마랑 같이 와. 그때 너를 위해서 노래를 불러 줄게."

"흐엉……."

이병웅이 내민 콘서트 티켓을 받은 클로이가 아기 사슴처럼 눈물을 흘렸다.

그녀는 아무도 뺏어 가지 못하도록 티켓을 가슴에 꼭 쥐었는데, 세상을 다 가진 것처럼 행복한 모습이었다.

그 장면을 보면서 사람들이 박수를 쳤다.

클로이의 행복이 전염되어 사람들마저 행복하게 만든 게 틀림없었다.

*　　　*　　　*

연신 터지는 특종들.

뉴욕타임지에서 단독으로 보도된 이병웅의 병원 방문 소식이 알려지자 인터넷이 발칵 뒤집혔다.

월드 스타가 병원까지 직접 방문해서 티켓을 전해 주었다는 사실이 사람들의 가슴을 따뜻하게 만들었기 때문이었다.

뉴욕타임지가 특종으로 터뜨렸지만 이병웅이 클로이를 안고 있는 사진은 금방 인터넷을 뜨겁게 달궈 놓았다.

거기에 더불어 뉴욕 빈민들을 위해 공연 수익금의 30%를 기부하겠다는 소식이 더해지자, 미국인들에게서 이병웅을 칭찬하는 글들이 봇물처럼 터져 나왔다.

언론은 없는 사람들에게 보여 준 사랑과 한 인간으로서의 진심을 집중적으로 다루며 그를 위대한 뮤지션으로 만들어갔다.

언제 이런 뮤지션이 있었던가.

이병웅이 보여 주는 모든 행동들이 한편의 드라마처럼 사람들의 입에서 오르내렸다.

새삼스레 한국 지하철에서 보여 주었던 정의감이 다시 대두되었고, 홍대에서 벌였던 버스킹과 그동안 불우한 사람들에게 기부했던 내역 등이 상세하게 다뤄졌다.

그것만이라면 극적일 수 없다.

가수로서 자존심을 위해 복싱 챔피언과 싸운 것부터 세계 최고의 두뇌들만 들어간다는 와튼스쿨 입학까지.

그에게는 다른 연예인들이 절대 흉내 낼 수 없는 극적 요소들이 쨰고 쎘으니 노래를 넘어선 감동이 사람들의 가슴을 적셨다.

스타란 사람들의 감동을 먹고 사는 존재들이다.

그런 면에서 봤을 때 이병웅은 독보적인 존재임이 틀림없었다.

\*            \*            \*

콘서트 날이 다가오자 뉴욕에서는 또 한 번 진풍경이 벌어졌다.

전날부터 몰려든 사람들이 줄을 서기 시작했는데, 그 줄이 끝없이 이어졌기 때문이었다.

정말 장관이었다.

시티필드 주변의 공터에 하나둘씩 등장했던 텐트들이 밤이 되자 셀 수 없이 많아졌고, 그들이 전부 불을 밝히자 마치 하나의 거대한 불기둥을 보는 것 같았다.

CNN 기자 매튜가 거대한 텐트촌을 뒤에 두고 마이크를 입에 댄 것은 오후 10시가 넘었을 때였다.

뉴스에 생방송으로 시티필드에서 벌어지고 있는 진풍경을 내보내기 위함인데, 이곳에는 그를 비롯해 3대 메이저 방송사와 지역 방송사 등 10개가 넘는 방송사 카메라가 돌아가는 중이었다.

"현장에 나가 있는 메튜 기자, 도대체 이게 어떻게 된 일이죠. 저 사람들은 누굽니까?"

"내일 벌어질 갓 보이스의 콘서트를 보기 위해 몰려든 사람들입니다."

"벌써요? 콘서트가 내일인데 왜 텐트를 치고 야영을 한단 말입니까?"

"그건 15,000석의 스탠드 입장권이 선착순으로 들어갈 수 있기 때문입니다. 사람들은 갓 보이스를 가까이 보기 위해 줄을 서고 있는 겁니다."

"아하, 그렇군요. 정말 대단한 열기네요. 지금 몰려든 사람들 숫자는 얼마나 되죠?"

"정확하게 세 보지는 않았지만 거의 5,000명 이상 될 것 같습니다. 보시는 것처럼 사람들은 가방이나 물건으로 자신의 순서를 표시하고 있는데, 그 줄이 정말 기네요. 불과 2시간 전까지 사람들이 서 있었지만 지금은 대부분 텐트로 들어가거나 여기저기 모여 이야기꽃을 피우는 중입니다. 들리시나요? 사람들은 갓 보이스의 노래를 부르면서 축제를 즐기고 있습니다."

"정말 기현상입니다. 우린 저 가방들이 뭔지 몰랐는데 그런 이유가 있는 것이었네요."

"진짜 기현상은 내일 보실 수 있을 것 같습니다. 여기 있는 사람들이 전부 줄을 서게 될 텐데, 그리되면 사이언센터까지 늘어설 것으로 예측됩니다."

"정말 대단하군요. 시청자 여러분, 현장에서 보내온 장면을 잠시 보시길 바랍니다. 이게 콘서트 전야라는 걸 믿을 수 있을까요? 마치 축제의 한 장면 같습니다. 저는 지금까지 수많은 공연을 봤지만 이런 경우는 처음 봅니다."

앵커인 라이언이 현장에 나가 있는 기자와의 인터뷰를 잠시 멈추고 화면 쪽으로 시선을 돌렸다.

3대의 카메라가 돌아가며 현장 상황을 보여 주고 있었는데, 그중 1대는 주변 고층 건물에서 찍은 것이었다.

여기저기서 들려오는 노랫소리.

이병웅의 히트곡 '헤어진 후'와 '청춘', 최근에 무섭게 치고 올라와 빌보드 차트 3위를 기록 중인 '이별의 시'가 틀렸고, 한국 콘서트에서 불렀던 록 음악에 맞춰 춤추는 사람들의 모습도 보였다.

그것만으로도 대단한 충격인데, 고층 건물에서 찍은 화면은 입이 떠억 벌어질 정도였다.

시티필드 주변은 온통 텐트에서 밝혀진 불빛으로 환해져 신비로운 장면을 연출하고 있었다.

어젯밤 시티필드의 공터를 가득 채웠던 텐트들은 아침이 되자 하나둘씩 사라졌고, 대신 사람들의 줄이 이어지기 시작했다.

그 줄은 끝이 보이지 않을 정도로 길었지만 사람들의 얼굴엔 지루함 대신 웃음꽃이 피어 있었다.

그토록 보고 싶어 했던 공연을 이제 몇 시간만 있으면 보게 된다.

그들의 인생에서 가장 추억으로 남을 불멸의 공연을 볼 수 있다는 기대감은 그들을 행복 속으로 이끌고 있는 게 분명했다.

시티필드에 가득 찬 사람들.

공연 시간은 오후 7시라 아직 2시간이나 남았음에도 관객들의 상당수가 입장을 했기 때문에 시티필드 구장은 사람들로 인산인해를 이루었다.

이병웅은 그 모습을 잠시 동안 말없이 지켜보다가 천천히 발길을 돌려 대기석으로 향했다.

김윤호는 공연 시스템을 최종 확인 하기 위해 자리를 비운 상태였고, 그의 옆은 오직 정두영만 지키고 있었다.

이제 콘서트가 시작된다.

2시간만 지나면 이병웅은 시티필드의 거대한 구장에서 첫 번째 공연하는 가수로 기록될 것이다.

오늘 그가 부를 노래는 자신의 히트곡들과 세계인들이 전부 알고 있는 불멸의 명곡으로 채워져 있었다.

'Radiohead'의 'Creep' 'Deep Perpul'의 'Smoke on the water' 'Rainbowd'의 'Temple of the king' 등 록의 명곡과 'Janet Jackson'의 'Again', 'Boyzone'의 'Picture Of You' 등이 바로 그런 것들이었다.

그래서 공연 타이틀도 '불멸'이다.

\*       \*       \*

"똑 똑!"

"들어오세요."

조심스러운 노크 소리에 이병웅이 대답하자 문이 열리며 눈을 의심케 만드는 미녀가 나타났다.

단박에 그녀의 정체를 알아챈 이병웅이 자리에서 일어나 반겼다.

문으로 들어온 미녀는 오늘 그의 공연에서 초대 손님으로 출연하는 에비게일이었던 것이다.

"병웅, 반가워요."

"어서오세요. 지금 오는 길인가요?"

"늦을까 봐 빨리 왔어요."

"아직 공연 시작하려면 1시간이나 남았잖아요. 더군다나 당신 시간은 더욱 여유가 있는데 너무 빨리 온 것 같네요."

"미리 와서 공연 전에 병웅을 보고 싶었거든요. 할 말도 있고……."

그녀가 말을 흐리며 대기실에 함께 있던 정두영을 쳐다봤다.

그랬기에 이병웅은 잠시 그녀를 바라보다 정두영에게 잠시 나가 있으란 지시를 했다.

그녀와는 지금까지 2번 만났다.

공연 준비를 하면서 2번 만나 식사도 같이했지만, 많은 사람들과 함께하는 자리라 개인적으로 이야기를 나눌 기회는 없었다.

"병웅, 혹시 내가 병웅의 공연에 나오고 싶었던 이유 알아요?"

"늘 궁금했던 거였어요. 당신 같은 빅스타가 내 공연에 공짜로 출연하겠다고 했을 때 정말 놀랐답니다. 그래, 그 이유가 뭐죠?"

"난, 보이스 오브 아메리카에서 당신의 노래를 들은 다음 충격에 젖어 한동안 정신을 차리지 못했어요. 그만큼 당신의 노래는 아름다웠고 경악할 만큼 대단했거든요. 그래서 당신의 노래를 가까운 곳에서 다시 듣고 싶었어요."

"고마운 말이네요."

"하지만 그게 진짜 이유는 따로 있어요."

"다른 이유가 있나요?"

"나는 남자로서의 당신을 더 알고 싶어요. 무슨 뜻인지 알죠?"

왜 모르겠나.

그녀의 눈에 담겨 있는 열기.

그것은 여자로서 남자를 원하는 열기였고 간절함이었다.

그럼에도 대담하다.

사람들에게 엄청난 인기를 끌고 있는 슈퍼스타가 직접 이런 말을 한다는 건 지극히 어려운 일이었다.

그랬기에 이병웅은 그녀를 잠시 바라보다 천천히 입을 열었다.

"많이 알려 드리지는 못합니다. 그리고 그 기회도 한 번만 드릴 수 있어요. 그래도 괜찮겠어요?"

"그걸로 충분해요. 당신 같은 남자와의 하루는 그 어떤 밤보다 뜨거울 테니까요."

"그럼, 공연이 끝나고 연락하세요."

목적을 이룬 게 너무 기쁜지 밝게 웃으며 떠나는 그녀의 매력적인 뒷모습을 향해 빙긋 웃었다.

자신은 지금까지 미국으로 넘어온 후, 제시카를 제외하고는 한 번도 다른 여자와 잠을 자지 않았다.

왜냐고 묻는다면 이유는 간단하다.

마땅한 기회가 없었고, 같이 잘 만큼 매력적인 여자를 만나지 못했을 뿐이다.

그런 면에서 봤을 때 에비게일은 충분히 자격 있는 여자다.

더불어 자신의 공연을 빛내 주기 위해 바쁜 스케줄을 뒤로하고 달려왔으니 그 정도의 선물은 줘도 괜찮다.

\* \* \*

굉장한 폭음 소리가 시티필드에 울려 퍼지며 순식간에 암전이 발생했다.

무대가 시작되기 전 화려한 조명과 대형 스크린을 통해 흘러나오던 이병웅의 모습이 순식간에 사라졌고 오직 관객들이 흔드는 발광체만 남았다.

암흑에 빠져 버린 무대를 향해 올라간 이병웅은 마이크를 앞에 두고 48,000명이 흔드는 발광체를 바라봤다.

장관이다.

시티필드를 가득 채운 발광체는 우주에서 한꺼번에 쏟아져 내린 별빛처럼 영롱했다.

어둠속에 서 있던 이병웅의 입이 열린 것 제일 앞자리에 앉아 있던 초대 손님과 VVIP들이 무대에 올라와 있는 검은 그림자를 확인한 후 웅성거릴 때였다.

"여러분, 불멸의 세계에 오신 걸 환영합니다. 오늘 밤 저는 여러분께 영원히 잊지 못할 노래를 선사해 드리겠습니다. 그럼 지금부터 불멸의 밤을 시작하겠습니다!"

이병웅의 인사가 끝나자 모두 꺼졌던 조명들이 일시에 들어오며 사방팔방에서 불꽃이 피어 올랐다.

거기에 맞춰 폭발하듯 강렬한 드럼 소리와 기타의 날카로운 사운드가 허공에 울려 퍼지기 시작했다.

첫번째로 선정된 곡은 편곡을 통해 새롭게 탄생한 'Deep Perpul'의 'Smoke on the water'였다.

오늘 공연은 강렬한 록을 2곡 부른 후, 그의 히트곡들과 준비된 명곡들이 이어지고 마지막 순서에서 모든 관객들이 즐길 수 있는 록을 다시 준비했다.

　　　　　\*　　　　　\*　　　　　\*

　기적적으로 티켓을 구한 수잔 가족은 오늘 오후 2시에 도착해서 입장을 기다렸다.

　그들이 구한 티켓은 스탠딩표가 아니었기 때문에 천천히 와도 되었지만, 마이클은 딸과 아내의 성화에 못 이겨 주차장에서 차를 끌고 나와야 했다.

　시티필드 가까이 차를 모는 건 자살행위라는 걸 미리 알고 있었기에 마이클은 3㎞ 떨어져 있는 공영 주차장에 차를 파킹하고 가족과 함께 걸어왔다.

　티필드와 가까워질수록 수많은 인파가 몰려 있는 게 보였는데, 지금까지 50년 가까이 살아오면서 이런 경우는 처음 봤다.

　수잔과 제인은 사람들 사이를 누비며 신이나 어쩔 줄 모르는 것 같았다.

　그녀들은 곳곳에 모여 노래 부르는 사람들을 구경했고, 시티필드 밖에 설치된 이병웅의 브로마이드와 공연 장면 등을 보면서 펄쩍거리며 뛰어다녔다.

　꼭 첫눈을 반기는 강아지처럼.

　마이클은 딸과 아내를 따라다니느라 지쳤다.

　몸무게가 90㎏이 넘었고 그동안 운동을 하지 않았기 때문에 오래 걷자 점점 체력이 소진되어 3시간이 지나고부터는 걷는 것조차 힘들어졌다.

다행스럽게 입장이 시작되지 않았다면 그는 딸과 아내를 더 이상 따라다니지 못하고 중도에서 널브러졌을 것이다.

콘서트장에 입장한 후부터 아내와 딸은 대형화면에서 흘러나오는 이병웅의 노래를 따라 불렀다.

화면에서는 영어가 아니라 한국어로 노래가 흘러나왔는데, 어떻게 배웠는지 아내와 딸은 소리를 지르며 노래를 따라 부르는 중이었다.

정말 어이가 없는 건 콘서트장에 들어온 수많은 관객들이 아내와 딸처럼 한국어로 노래를 따라 부른다는 것이었다.

사실 그는 가족들만 아니었다면 이병웅의 콘서트에 결코 오지 않았을 것이다.

일하느라 바빴기 때문에 유명한 가수 몇을 빼면 알지 못했고, 노래를 즐겨 듣는 편도 아니었으니 콘서트에 온다는 건 꿈도 꾸지 못할 일이었다.

고개를 쭈욱 빼고 주변에 꽉꽉 들어차 있는 사람들을 확인하자 몇 가지 특징이 발견되었다.

여자들의 숫자에 비해 남자들이 훨씬 적었다.

그렇다고 해서 적은 숫자가 아니었는데 자신처럼 가족들에게 이끌려 온 가장들도 상당수 보였다.

아내와 딸은 공연 시간이 다가오자 긴장이 되는 듯 연신 침을 꼴깍 삼키며 무대에서 시선을 떼지 못했다.

우습다.

지금 그들이 앉아 있는 자리에서는 무대가 손바닥만 하게 보일 정도로 멀어 이병웅의 얼굴을 확인하는 것 자체가 불가능했다.

만약 거대한 화면이 없었더라면 공연장에 서 있는 이병웅이 모기처럼 보일 것이다.

그럼에도 아내와 딸은 공연이 시작되기를 학수고대하고 있었다.

이윽고.

순식간에 모든 조명이 암전된 후 이병웅의 목소리가 들리자 시티필드를 가득 채운 관객들로부터 일시에 격렬한 함성이 터져 나왔다.

그리고 시작된 공연.

제대로 노래나 들을 수 있을까란 의문은 강력하게 터져 나온 밴드의 사운드에 압도되었고 뒤이어 시작된 이병웅의 노래에 의해 완벽하게 잠들어 버렸다.

아, 이 사람들을 어쩌란 말인가.

열광, 그리고 또 열광.

48,000명의 관객들이 이병웅의 노래에 맞춰 동시에 발작하

는 모습은 장관 그 자체였다.

더불어, 이병웅의 노래는 자신의 피까지 끓어오르게 만드는 마법을 부렸다.

슬픈 발라드만 불렀던 그의 노래를 들으며 감정이 풍부한 가수라고 생각했는데, 막상 강렬한 사운드를 뚫고 나오는 고음이 터지는 순간 온몸에서 소름이 돋았다.

뒤어어 그의 히트곡들이 연이어 펼쳐졌고 관객들은 한 덩어리가 되어 노래를 따라 불렀다.

발광체가 거대한 물결처럼 그의 노래에 맞춰 흔들거렸는데, 보는 것만으로 환상 그 자체였다.

이번 공연은 잠시도 관객들을 자리에 앉아 있지 못하게 만들었다.

이병웅은 물론이고 에비게일의 폭발적인 가창력, 그리고 제인 에이미의 무대조차 관객들을 흥분의 도가니로 몰아넣었다.

어느새 그도 아내와 딸들 못지않게 소리를 지르고 있었다.

마지막 순서가 되자 이병웅은 강렬한 록으로 관객들을 춤추게 만들었다. 그가 마지막으로 선택한 곡은 'Rainbowd'의 'Temple of the king'이었는데, 원곡보다 상당히 빠른 템포로 편곡된 것이었다.

도저히 춤을 추지 않고는 못 배길 정도의 분위기.

그의 노래가 주는 감동, 그리고 명곡에서 뿜어져 나오는 향기에 젖어 마이클은 흥에 취해 마음껏 온몸을 흔들었다.

*　　　*　　　*

이병웅은 절정부에서 폐부를 찌를 것 같은 고음을 내지른 후 천천히 숨을 골랐다.

온몸은 땀으로 흠뻑 젖었고 얼굴에서는 땀방울들이 연신 흘러내리는 중이었다.

최선을 다했다.

자신의 노래를 듣기 위해 미국 전역, 그리고 유럽과 아시아에서까지 날아온 관객들을 위해 혼신을 다해 노래를 불렀다.

음률에 몸을 맡겼고 템포에 맞춰 춤을 추며 관객들과 한 몸이 되어 공연을 즐겼다.

최선을 다한다는 것.

지금의 나는 막대한 자산을 보유한 투자가가 아니라, 관객들의 사랑을 받는 가수였으니 그들을 위해 최선을 다하는 것이 무엇보다 중요하다고 생각했다.

다행스럽게 관객들은 마지막 곡을 끝낸 후 인사를 하는 자신에게 열화와 같은 함성과 박수갈채를 보내 주었다.

고마웠다.

자신을 사랑해 주는 이들이 있는 한 나는 영원히 노래를 계속할 것이다.

*　　　　*　　　　*

NBC의 기자 토머스 힐은 공연을 관람하고 나오는 사람들을 인터뷰하기 위해 부지런히 뛰었다.

이번 뉴욕콘서트를 취재하기 위해 NBC에서는 무려 15명의 인원이 파견된 상태였다.

주최 측과 계약된 내용에 따르면 방송으로 쓸 수 있는 분량은 단 5분에 불과했지만, 동원된 3대의 카메라는 오늘 아침부터 하루 종일 시티필드를 찍었고 공연장에 들어찬 관중들과 이병웅의 콘서트를 영상에 담느라 녹초가 된 상태였다.

그럼에도 토머스 힐은 오늘 그의 인생에서 영원히 잊지 못할 장면들을 지켜보는 행운을 누렸기에 아직도 흥분에서 벗어나지 못했다.

수많은 콘서트를 봤지만 이병웅의 콘서트는 특별함을 넘어 환상 그 자체였다.

구름 같은 관객들과 한 몸이 되어 펼쳐진 콘서트는 왜 이병웅이 독보적인 인기를 누리는지 단적으로 증명해 주는 것이었다.

이번 콘서트를 누가 기획했는지 모르지만, 영악한 구성이었다고 칭찬할 만했다.

이병웅의 히트곡은 3개에 불과했는데, 나머지 곡들을 누구나 알 수 있는 명곡으로 선택한 것은 탁월한 선택이었다.

더불어, 그런 명곡들을 재해석해서 완벽하게 자신의 것으로 만든 이병웅의 능력은 발군 그 자체다.

오죽하면 자신조차 그의 노래를 들으며 흥분을 참지 못했을까.

아마, 오늘 벌어진 콘서트 영상을 윗선에서 보게 된다면 재협상을 통해 콘서트 전 과정을 방송하고 싶어 할 만큼 이병웅의 콘서트는 불꽃 그 자체였다.

＊　　　＊　　　＊

"콘서트 어땠어요?"

"오늘 이대로 그냥 죽어도 좋을 만큼 좋았어요. 병웅의 노래는 천상에서 들려오는 환희였어요."

"갓 보이스의 히트곡은 한국어로 되어 있는데 많은 사람들이 그걸 따라 부르더군요. 혹시, 같이 불렀나요?"

"그럼요, 저는 BWL 회원인걸요. 병웅의 팬들은 그의 노래를 부르기 위해 한국어를 배우고 있거든요."

"아하, 그렇군요. 다음에도 갓 보이스의 콘서트를 보고 싶어요?"

"그걸 말이라고 하세요. 저는 한 번 더 이런 기회를 잡을 수 있다면 무슨 짓이라도 할 수 있을 것 같아요."

토머스 힐은 아직도 흥분을 가라앉히지 못한 관객들과 인터뷰를 하면서 이병웅이 어떤 존재인지 뼛속 깊이 실감할 수 있었다.

인터뷰를 한 모든 관객들은 거의 같은 반응을 보였는데, 이번 콘서트가 너무 만족스러웠고 기회가 된다면 어디라도 달려갈 것이란 대답을 했다.

인터뷰를 끝내며 토머스 힐은 남몰래 깊은 한숨을 내리쉬었다.

뉴욕콘서트를 취재하느라 진땀을 뺀 걸 생각하면 다시는 똑같은 일을 반복하고 싶지 않았지만, 대중들의 뜨거운 반응으로 봤을 때 콘서트가 벌어질 두 달 동안은 집에 들어갈 수 없을 것 같았다.

제30장
신사업 (1)

　수많은 화제를 양산하며 2개월 동안 진행되었던 이병웅의 콘서트는 LA를 마지막으로 끝이 났다.

　미국 전역을 휩쓴 이병웅의 열풍은 세상 그 어떤 것보다 뜨겁게 사람들을 흥분시키며 대단원의 막을 내렸다.

　그럼에도 한동안 언론에서는 이병웅에 관한 소식들로 쉴 새 없이 뉴스를 양산했다.

　콘서트 기간 동안 그가 동원한 관객 수는 무려 37만 명에 달했고, 단일 콘서트 투어로는 역대 최고의 성적이었다.

　그것뿐인가.

그가 부른 곡들이 재조명되며 뜨거운 인기를 누렸는데, 수 많은 음반 제작 업체가 달려들어 낙찰가가 천만 달러에 달했 다.

*　　　　*　　　　*

"잘 잤냐?"

"오랜만에 푹 잤어요. 사장님은 괜찮아요?"

"나야 뭐, 피곤하지 않아?"

"조금 그렇긴 한데 금방 괜찮아질 거예요. 우리 떠나는 게 모레 3시 비행기죠?"

"피곤하면 며칠 더 쉬다 가자. 그동안 너무 고생했잖아."

"빨리 돌아가야 해요. 이제 개학이 며칠 안 남았어요."

"휴우, 그놈의 학교."

"밖에 기자들 많죠?"

"몰라서 물어. 아직도 바글댄다."

김윤호가 입맛을 다셨다.

기자들은 뭘 그리 얻어먹을 게 많은지 아직도 호텔 로비에 30명 정도 남아 있었는데, 마치 하이에나처럼 이병웅이 나타 나기를 기다리고 있었다.

"식사하러 가요. 대충 얼굴이라도 보여 줘야 그 사람들 밥

값 할 거 아닙니까?"

"인터뷰하자고 벌 떼처럼 달려들 텐데 괜찮겠어?"

"인터뷰하자고 남은 거 아닐 겁니다. 인터뷰는 그동안 지겹게 했잖아요. 남은 사람들은 사진이나 찍고, 가십거리나 쓰려는 사람들이에요."

"흥. 이제 아주 베테랑이 되셨네."

"하하… 우리 스태프들은 오늘 뭐 해요?"

"걔들은 오늘 라스베이거스에 놀러갈 거야. 그동안 고생해서 내가 가라고 그랬어. 김 실장이 좋아 죽으려고 하더라."

"그럼 우리도 갑시다."

"네가 거길 왜 가. 거긴 사람들 정말 더럽게 많은 곳이라 안 돼."

"여기까지 와서 환락의 도시 라스베이거스를 들르지 않는다는 건 억울하잖아요. 사장님, 오늘 숙소는 거기로 잡죠. 나도 열심히 일했는데, 스태프들은 보내 주고 난 왜 안 된다고 그래요. 사람 차별하고 그러는 거 아닙니다."

"헐, 얘가 사람 또 흔드시네. 정말 가?"

"그러자니까요."

"기자들은 어쩌고?"

"모르게 가야죠. 그런 건 사장님 전공이잖아요."

"좋아, 우리 병웅이가 가자는데 내가 뭘 못 하겠냐. 대신 얼굴 가리는 조건이야. 그렇게 할 거지?"

"알았어요."

환락의 도시 라스베이거스.

김윤호는 대형 기획사의 사장답게 일 처리가 대단히 신속했고 깔끔해서 그들이 라스베이거스에 도착한 건 오후 5시가 조금 넘었을 때였다.

기자들을 따돌리는 건 간단했다.

호텔 비상구를 통해 빠져나와 대기하고 있던 차량에 바로 탑승하여 곧장 공항으로 이동했고, 평범한 복장에 모자를 깊게 눌러썼기 때문에 공항에서도 그를 알아보는 사람이 없었다.

이병웅은 저녁을 먹고 라스베이거스 거리를 천천히 걸으며 구경을 했다.

처음 와 본 라스베이거스는 자본주의의 끝판왕처럼 화려했고 웅장했으며 수많은 사람들로 가득 차 있었다.

벨라지오 호텔의 분수쇼, 올드타운 전광판 쇼까지 보고나자 금방 10시가 넘었지만 이병웅과 김윤호는 호텔로 돌아갈 생각을 하지 않았다.

오랜만의 자유.

아무리 유명한 사람이라도 평범한 옷을 입고 얼굴을 가린다면 알아보지 못한다는 약점을 이용해서 이병웅은 진짜 오랜만에 사람들의 관심에서 벗어나 자유를 누렸다.

"사장님, 우리 이제 뭐 하죠?"

"할 건 많아. 그래도 여기까지 왔는데 카지노는 구경해야 되지 않을까?"

"그렇죠. 카지노. 여긴 도박의 도시로도 유명하니까 우리 거기 가봐요."

"그럼 안경도 써. 모자 가지고는 불안해."

"걱정하지 말고 가요. 내가 알아서 할게요."

"대신 딱 12시엔 무조건 호텔로 돌아가는 거다. 오케이?"

"더 하래도 안 합니다."

목적지가 결정되자 이병웅의 발걸음이 가벼워졌다.

마침 그들 가까이엔 코스모폴리탄이 있어 멀리 갈 필요도 없었다.

처음 들어가 본 카지노의 규모는 입이 떡 벌어질 정도로 엄청났는데, 그 거대한 매장이 사람들로 가득 차 있었다.

"휴우, 대단하네요."

"어쩔래?"

"뭘요."

"도박 해 봤어?"

"아뇨, 하지만 대부분의 룰은 알아요. 제가 워낙 박학다식해서."

"아는 것은 아무런 소용이 없어. 수많은 실전 경험이 있어야 겨우 살아남을 수 있는 게 도박 세계다."

"마치 전문 도박사처럼 말씀하시네요."

"흐흐… 내가 이래 봬도 소싯적에는 한칼 했었지."

"사장님은 뭘 잘하시는데요?"

"블랙잭."

"그럼 거기로 가요. 사장님은 프로라니까 나도 왠지 딸 것 같다는 생각이 드네요."

"얼마나 바꿔 줄까?"

"천 달러. 그거 다 잃으면 호텔로 돌아가요."

"역시 우리 병웅이야. 내가 수많은 연예인들을 관리했지만 너처럼 정신 구조가 바른 놈은 처음 본다."

"또 그러신다. 그럴 때마다 소름 돋는다니까요. 이럴 줄 알았으면 차라리 천만 달러라고 얘기할 걸 그랬나?"

"기본을 안 지켜서 목 날아간 놈들이 너무 많아서 그래. 잠깐 기다려, 칩 바꿔 올게."

카지노에 들어온 순간 계속 찜찜한 표정을 짓던 김윤호의 표정이 활짝 펴지는 걸 보며 빙긋 웃었다.

걱정되었겠지.

자신이 여기서 도박에 미쳐 폭주라도 한다면 그로서는 무척 골치가 아파졌을 것이다.

더군다나 자신이 누구란 말인가.

만약 카지노에서 거액의 도박을 했다는 게 언론에 알려지기라도 한다면 그의 인기는 치명타를 얻어맞을 수 있었다.

김윤호는 금방 칩을 가져왔는데 한손에 쥘 수 있을 만큼 적었다.

100달러짜리 5개, 50달러짜리 10개.

천 달러는 우리나라 돈으로 100만 원이나 되었지만, 칩으로 바뀌는 순간 돈이란 생각이 들지 않았다.

카지노에서 칩을 사용하는 이유가 바로 이것이다.

돈을 돈으로 여기지 못하게 해서 더 많은 돈을 잃도록 만드는 수단.

카지노에는 3가지가 없다고 한다.

바로 창문과 거울, 그리고 시계.

인간이 스스로를 돌아보게 만드는 물건들을 없애 오로지 도박에만 집중하도록 만들기 위함이니 정말 잔인한 짓이다.

이병웅과 김윤호는 블랙잭이 벌어지는 판을 향해 천천히 다가가 자리에 앉았다.

그 판에는 2명만 앉아 있었기 때문에 그들이 끼자 플레이어는 4명이 되었다.

블랙잭의 룰은 간단하다.

카드의 합이 21에 가까운 사람이 이기는 구조.

그 단순한 구조가 사람들을 미치게 만든다는 게 이해되지 않았지만, 블랙잭은 도박사들이 가장 좋아하는 도박 중의 하나였다.

이병웅은 자리에 앉아 50달러를 베팅한 후 자신에게 배정된 카드를 확인했다.

첫 번째 날아온 카드는 5.

별로 좋지 않다.

2개의 카드로 21을 만들 수 없으니 추가로 카드를 받아야 한다.

후속 카드의 숫자는 8이 나와 합한 숫자는 13에 불과했기에 뱅커의 노출 카드가 Q란걸 확인한 이병웅은 손바닥을 두들겨 추가 카드를 받았다.

추가로 받은 카드는 10이 나왔고 이병웅은 50달러를 잃었다.

블랙잭은 받은 카드의 숫자가 21이 넘으면 플레이어가 무조건 지는 구조였기 때문이다.

이기고 지고의 반복.

어차피 돈을 따기 위해 들어온 것이 아니었기에 흥미가 느껴지지 않았다.

모든 것이 그렇다.

목적이 명확하지 않으면 어떤 일을 해도 재미를 느끼지 못하는 게 세상의 이치 아니겠는가.

슬쩍 옆을 바라보자 김윤호는 블랙잭의 재미에 빠져 눈이 반짝반짝 빛나고 있었다.

역시 도박사라고 자랑할 만했다.

그의 앞에는 칩이 제법 많아졌는데 대충 봐도 500달러는 딴 것으로 보였다.

"사장님, 실력이 꽤 좋으시네요."

"이런 건 실력이라고 부르는 게 아니라 감각이 뛰어나다고 표현하는 게 맞아. 왜냐하면 블랙잭은 포커와 다르게 본능에 충실해야 되거든."

"12시까지 30분밖에 남지 않았어요. 이제 대충 끝내죠."

"그럴까?"

"500달러가 남았는데 마지막으로 난 이걸 한꺼번에 걸 생각이에요. 그러니까 사장님도 그거 다 걸어요."

"무식한 놈. 도박은 그렇게 하는 거 아니야. 난 돈으로 바꿔서 가져갈 거다."

"쳇, 짠돌이. 마음대로 하세요."

역시 사업은 김윤호처럼 해야 된다.

천오백 달러가 그에게 돈이겠는가. 그럼에도 그는 전부 걸라는 이병웅의 말에 펄쩍 뛰며 칩을 주섬주섬 챙겼다.

딜러가 판돈을 걸라는 손짓을 했기에 이병웅은 남아 있는

500달러를 걸기 위해 칩을 잡았다.

'지잉!'

칩을 손으로 잡자 머리를 흔드는 소리가 들려왔다.

멈칫.

그 소리를 듣는 순간 이병웅이 칩을 든 채 움직임을 멈췄다.

이런 경험이 있었다.

'밀애'가 몸에 장착된 후 얼마 지나지 않아 머릿속을 강하게 울리는 경고음 때문에 목숨을 구한 적이 있었다.

만약 경고음을 무시하고 횡단보도를 건넜었다면 그는 벌써 2년 전에 목숨을 잃었을 것이다.

이번 경고음은 그때에 비해 미약할 정도로 작았지만, 이병웅은 손을 흔들어 자신의 패를 넘겨 버린 채 다음 판을 기다렸다.

경고음이 생기지 않았을 때 500달러를 전부 걸었고, 이병웅은 블랙잭을 잡아 승리를 거뒀다.

그때부터 30분 동안 이병웅은 돈이 돈을 버는 기적을 만들어 냈다.

1,000달러가 2,000달러가 되었고 계속 배가 되면서 금방 128,000달러가 되었다.

무려 8연승.

딜러의 얼굴이 허옇게 질렸고 사람들이 웅성거리며 몰려들었다.

옆에 있던 김윤호는 거듭되는 이병웅의 승리를 보면서 입을 떠억 벌렸는데 나중에는 탄성조차 지르지 못했다.

무조건 가는 게 아니다.

어떨 땐 한 번을 쉬었고 또 어떨 땐 2번, 3번을 쉬었다.

물론 연달아 베팅할 때도 있었는데, 이병웅은 그동안 한 번도 지지 않았기 때문에 승리가 거듭될수록 단순한 행운이라 보기 어려웠다.

이제 딜러는 판돈이 너무 커지자 부담이 되었는지 얼굴에서 흐르는 땀을 연신 닦아 내는 중이었다.

그녀의 얼굴을 잠시 바라보던 이병웅이 앞에 잔뜩 쌓인 칩을 정리했다.

더 딸 수 있지만 그러고 싶지 않았다.

"사장님, 그만 가시죠."

"웅… 으웅!"

"이건 재수가 좋아 딴 거니까 스태프들 보너스로 나눠 주세요. 그동안 고맙다는 인사도 제대로 못해서 미안했거든요."

"정말?"

"싫으면 제 통장에 넣고요."

"누가 싫대. 그런데 너 정말 블랙잭 처음 해 본 거 맞아?"

"아닌 것 같아요?"

"우와, 난 도신을 보는 것 같았어. 카드를 막 마음대로 바꾸는 그런 거 있잖아. 영화에 나오는 거."

"하하… 그럴 리 없잖아요. 사장님이 얘기한 것처럼 나도 본능적으로 베팅해 봤을 뿐이에요. 나도 신기해요. 그런 게 통할지 누가 알았겠어요."

"그러니까 도신이지!"

웃으며 이병웅이 자리에서 일어나자 김윤호가 칩을 딜러에게 넘긴 후 따라붙었다.

아직도 그는 흥분이 가라앉지 못했는지 얼굴이 붉게 달아올라 있었다.

"병웅아, 그 행운 나한테도 좀 나눠 주라. 혹시 아니, 오늘 밤 라스베이거스에서 기가 막힌 미녀를 만날지."

"엉뚱한 생각 하지 말아요. 이 행운은 블랙잭에서만 통하는 거라구요."

"야, 행운이 그런 게 어디 있어. 손 내놔 봐. 행운 좀 나눠 달라니까!"

김윤호의 행동으로 인해 이병웅은 유쾌하게 웃으며 몰려든 사람들 틈을 빠져나갔다.

무자비한 행운은 받겠다며 난리 부르스를 치는 그의 모습이 마치 코미디언처럼 느껴질 정도로 재밌었기 때문이었다.

다음 날.

스태프들과 떨어져 그랜드캐니언 전망대에 오른 이병웅은 광대하게 펼쳐진 자연을 바라보며 그 거대함에 넋을 잃어버렸다.

온갖 더러운 인간들의 탐욕을 비웃기라도 하듯 그랜드캐니언은 기암괴석을 가슴에 품고 태고의 시대를 거슬러 지금까지 당당하게 살아왔을 것이다.

사진이나 영화를 통해 보는 것과 직접 보는 건 하늘과 땅만큼의 차이가 났다.

막상 직접 눈으로 보자 그랜드캐니언의 규모는 상상을 초월할 정도였는데, 그 끝이 보이지 않았다.

이병웅은 한동안 움직이지 않은 채 지평선에 시선을 두고 자신의 꿈을 생각했다.

처음에는 스스로 목적을 설정했음에도 터무니없는 허황된 꿈이라 여겼지만, 시간이 지나 행운이 연속되면서 전혀 불가능하지 않은 꿈으로 변해 갔다.

그가 콘서트 일정을 소화하는 동안 '제우스'가 미국과 중국, 한국에 투자한 수익이 50%를 넘고 있었다.

2조를 투자했으니 자산 규모가 3조로 늘어났다는 뜻이다.

금융의 세계는 돈이 돈을 버는 구조였고, 자신에게는 3조가 넘는 투자금이 마련된 상태였으니 이젠 아무것도 두렵지 않았다.

거기다, 지금의 투자 환경은 더할 나위 없이 좋았기 때문에 이대로 진행한다면 자신의 자본은 끝없이 증가할 게 분명했다.

절대 지지 않는다.

양적 완화란 거시 경제 패턴을 바닥에 깔고 있는 이상, 향후의 금융시장은 상승을 거듭할 테니 '제우스'의 신화는 계속될 것이다.

암중에서 세계 금융을 주무르는 세력들이 있다는 걸 안다.

언젠가는 그들과 부딪치겠지.

그때까지 자신은 최대한 많은 자본을 끌어당겨 4차 산업의 신기술들을 만들어 낼 것이다.

돈이 얼마나 들더라도 상관없다.

그들이 금융시장을 장악하고 있으니 자신은 실물경제를 장악해 멋지게 싸워 볼 생각이다.

　　　　　*　　　　　　*　　　　　　*

　학교로 돌아왔을 때 학생들의 반응은 여전했다.

　그토록 미국 전체를 들썩거리게 만들었음에도 학생들은 계속된 보호 운동 때문인지 캠퍼스에 있는 이병웅을 가급적 알은체하지 않았다.

　정말 고마웠다.

　3달 동안 언론과 사람들의 폭발적인 관심 속에서 살다 온 그로서는 학생들이 배려해 준 학교가 천국처럼 느껴질 정도였다.

　아무리 대스타도 사회의 일원이고 사회에는 수많은 사건 사고와 특종들이 흘러넘치기 때문에, 시간이 흐르자 이병웅에 대한 뉴스도 점점 줄어들었다.

　그럼에도 여전히 방송과 라디오에서는 이병웅의 노래가 매일 흘러나왔다.

　'이별의 시'가 빌보드 차트에서 연속 3주 1위를 차지하고 있었기 때문인데, 이것 또한 기록이다.

　한 명의 가수가 내리 3곡 연속 빌보드 차트를 석권한 것은 이병웅이 처음이었다.

　다시 시작된 평온한 학교생활.

　이제 내년 여름방학까지 콘서트 일정이 없기에 김윤호는

'창공'의 일부 스태프들만 남겨 놓고 직원들을 철수시킨 상태였다.

물론 그도 돌아갔다.

비록 '창공'의 수입 대부분이 이병웅으로부터 나왔지만, 아직도 그는 최고 스타들을 보유한 '창공'의 사장이었으니 남는 시간 동안 본연의 업무로 돌아간 것이다.

와튼스쿨의 수업은 대부분 토론식이었지만, 교수들은 이병웅이 스스로 손을 들지 않는 이상 그를 지목해서 토론에 참여시키지 않았다.

언제부턴가 벌어진 현상.

교수들은 물론이고 학생들까지, 그들은 이병웅의 존재를 밖으로 표출하진 않았지만 다른 세상에 사는 사람으로 치부하는 것 같았다.

배려라고 생각하는 걸까?

와튼스쿨의 수업은 세계 최고 수준이기 때문에 학생들은 다음 과정을 위해 밤잠을 설쳐가며 예습을 해야 한다.

그 정도는 노력해야 본 수업에서 토론에 참여할 수 있고 교수들에게 높은 점수를 획득할 수 있기 때문이다.

하지만 학생들은 이병웅이 공부하는 걸 본 적이 없다.

1학기 때도 그랬지만 콘서트를 마치고 시작된 2학기에서도 그는 여전히 사람들과 어울려 다녔으며 농구를 하면서 시간을 보냈다.

월리엄스 교수는 2주에 한 번씩 강의가 잡혀 있었다.

그는 와튼스쿨이 자랑하는 학자였기 때문에 학교 측에서는 가급적 수업 시간을 줄여 주었다.

그럼에도 공부 벌레인 학생들은 그의 강의를 가장 어려워했다.

근본적으로 다음 강의 내용을 알려 주지 않은 채 수업을 진행하기 때문에 학생들은 강의가 시작되면 원래 지닌 실력만 가지고 그의 질문에 대답할 수밖에 없었다.

"여러분 오랜만입니다. 저번 강의에 빠졌으니 한 달 만에 보는군요. 세계 경영 포럼에 참여하느라 어쩔 수 없이 휴강을 하게 된 점 미안하게 생각합니다. 저는 오늘 특이한 주제를 강의하려 합니다. 여러분의 전공과는 조금 거리가 있지만 경영과 밀접한 관계를 가지고 있는 금리가 오늘의 주제입니다. 현재 미국의 기준 금리가 얼마나 되는지 아시는 분?"

"1%입니다."

월리엄스 교수의 질문에 중국에서 온 쓰위가 대답했다.

"그렇죠. 미국은 2008년 금융 위기로 인해 25BP에서 50BP까지 급격하게 금리를 인하해서 지금 현재 1%까지 떨어뜨린 상태입니다……."

월리엄스 교수의 금리 강의가 각종 차트와 더불어 끊임없이 이어졌다.

대학교에서 공부하던 것과 차원이 다른 이론과 현상에 관한 강의였는데, 그의 강의가 특별한 건 치밀하게 분석된 경제지표들을 각종 차트로 만들어 서로간의 상관관계를 분석했다는 것이었다.

학생들이 그의 강의를 어려워하는 것도 그런 이유였다.

단순한 경영 이론을 가지고 토론하는 것이 아니었고, 거시경제 쪽에서 시작되어 경영으로 접목되기 때문에 학생들은 윌리엄스 교수의 질문에 쩔쩔맬 수밖에 없었다.

"자, 그럼 마지막으로 장단기 금리 차에 대해서 알아보겠습니다. 일반적인 경제 이론에서는 당연히 장기금리가 단기금리에 비해 높다고 말씀드렸습니다. 하지만 위기가 발생할 때마다 늘 장단기 금리 역전 현상이 발생해 왔습니다. 도표에서 보는 것처럼 1970년부터 지금까지 발생한 7차례의 경제 위기 때마다 장단기 금리가 역전되었죠. 그럼 여기에 대해서 토론을 해 볼까요. 여러분은 장단기 국채 금리가 역전되는 원인이 뭐라고 생각하십니까. 음… 손을 드는 사람이 아무도 없군요. 그럼 먼저 헨리가 말해 볼까요?"

윌리엄스 교수가 지목하자 영국에서 온 헨리가 사색이 된 채 일어났다.

지금 강의된 장단기 금리 차 역전 현상은 채권 분야에서

10년 이상 일한 전문가도 쉽게 대답하지 못할 정도로 어려운 내용이었다.

비록 그가 GE에서 2년간 일한 전력이 있으나 전혀 상관없는 분야였으니 대답한다는 것 자체가 불가능한 일이다.

그랬기에 알고 있는 범위 내에서 최선을 다해 이야기를 했지만, 그의 답변은 극히 기초적인 것에 불과했다.

윌리엄스 교수의 손가락은 계속해서 학생들 사이를 누비고 다녔다.

하지만 학생들은 일어섰다가 앉기를 반복했을 뿐 윌리엄스 교수를 계속해서 실망시킬 뿐이었다.

"할 수 없군. 그렇다면 병웅의 답변을 들어 볼까?"

윌리엄스 교수가 굳은 얼굴로 이병웅을 지목하자 긴장된 표정으로 지켜보던 학생들의 입에서 탄식이 흘러나왔다.

그들이 모르는 내용을 이병웅이 알 리 없다.

사실 말은 안 했지만 그들은 이병웅이 와튼스쿨에 입학한 걸 기적이라 생각하고 있었다.

한국의 최고 대학을 졸업했다지만 S대는 사실 세계 수준으로 봤을 때 상위권 대학이 아니었고, 이병웅은 와튼스쿨 MBA 과정 면접에서 가장 크게 점수를 주는 기업 경험도 전무한 상태였다.

그랬으니 학생들은 이병웅이 정상적이지 않은 다른 경로를 통해 입학한 것이라 추정하고 있었다.

이병웅은 윌리엄스 교수의 지목을 받고 천천히 자리에서 일어났다.

지금까지 그에게 수업을 받은 건 7번이나 되었지만, 한 번도 질문을 하지 않았었는데 오늘따라 그는 자신을 빤히 쳐다보며 고개를 까딱거렸다.

"경제가 침체에 빠져들면 스마트머니들이 위험한 주식시장에서 빠져나오기 시작합니다. 스마트머니들은 최대한 안정을 추구하는 자금들로 이뤄졌기 때문인데, 그 금액이 핫머니의 3배에 달한다고 알려져 있죠. 스마트머니는 주식시장에서 빠져나와 가장 안정적인 국채, 그것도 10년 이상의 장기국채에 투자하게 됩니다. 단기국채 역시 하락하지만 10년 이상의 국채 금리가 더 급하게 하락하는 건 그만큼 많은 자금이 동시에 들어오기 때문입니다. 자금이 몰리면 채권값은 급격하게 상승하고 반대로 국채 금리는 하락하게 되는데, 이로 인해 장단기금리의 역전 현상이 발생하게 됩니다. 이런 현상이 발생되면 주식시장은 하락하고 경제 침체를 우려한 연준은 기준 금리 인하 카드를 꺼내 듭니다."

"좋아, 그다음에 발생하는 일들은?"

"기준 금리가 인하된다는 것은 국채 금리의 하락이 멈춘다는 걸 의미합니다. 기준 금리 인하가 침체에 빠진 경제를 살리는 가장 강력한 수단이기 때문입니다. 주식시장은 하락을 멈추고 반등하는 대신, 장기 채권값은 하락하게 됩니다. 즉 장기 금리가 다시 상승한다는 뜻이죠. 그리 될 경우, 역전 현상이 생겼던 금리 시장은 원래대로 회복됩니다. 하지만 진짜 문제는 그때부터 시작됩니다."

"계속 말해 보게. 어떤 문제들이 시작되지?"

"경제 위기는 R의 공포. 즉 장단기 역전 현상이 벌어진 이후 국채 금리가 정상으로 회복되는 과정에서 발생했습니다. 그 기간은 7번의 경제 위기 동안 평균 16개월이었으며……"

이병웅의 입에서 장단기 역전 현상이 벌어진 직후의 경제 상황과 주식시장의 흐름, 연준의 대책 등이 쏟아져 나왔다.

시간이 지날수록 듣고 있던 학생들이 입이 점점 크게 벌어졌다.

이병웅은 40여 분에 걸쳐 문답을 진행했는데, 그 대부분의 시간 동안 윌리엄스 교수는 고개를 끄덕거리며 들었을 뿐이었다.

이미 수업시간은 끝난 지 오래되었지만 토론을 듣고 있는 학생들의 시간은 멈춘 것 같았다.

이건 수준 자체가 다르다.

윌리엄스 교수의 질문에 끊임없이 답변하는 이병웅의 모습은 그동안 그들이 봐 왔던 날라리 학생이 아니라 경제 포럼에

참가한 저명 교수의 모습을 보는 것 같았다.


*        *        *


강의를 받으며 윌리엄스 교수가 웃는 걸 처음 봤다.

이병웅의 답변이 모두 끝났을 때 그는 진심으로 만족스러운 웃음을 짓고 있었다.

"여러분이 봤을 때 병웅의 답변이 어땠습니까?"

윌리엄스 교수의 질문에 학생들은 아무런 반응도 보이지 않았다.

실질적으로 그가 40분 동안 설명한 내용 중 그들이 이해한 것은 반도 되지 않았다.

"나는 병웅이 학교에 들어온 후 공부하지 않는다는 말을 여러 번 들었습니다. 사실 나도 걱정을 하고 있었어요. 가수로 활동하면서 공부를 병행하는 것이 상당히 힘들 거란 판단을 했거든요. 그래서 오랜 시간 그저 지켜만 보다가 오늘 질문을 했던 것입니다. 하지만 나의 걱정은 기우에 불과하다는 걸 새삼 또 깨닫게 되었습니다. 세상에는 인간의 범위를 뛰어넘는 사람들이 있습니다. 내가 병웅의 와튼스쿨 입학을 허락한 것은 그런 이유 때문이었습니다. 오늘 봤겠지만 내 질문에 대한 그의 답변은 완벽함 그 자체였습니다. 아니, 내가 몰랐던 것들까지 알고 있었으니 오히려 나보다 더 낫다는 생각이 들 정도입니다. 병웅은, 거시 경제 쪽과 실물 금융 분야에 타의 추종을 불허하는 실력을 지닌 사람입니다. 그러니 여러분, 병웅에 대한 선입감을 버리시기 바랍니다. 오늘 강의는 여기서 마치겠습니다."

*          *          *

공항으로 떠나는 이병웅은 학교를 바라보며 회상에 잠겼다.

지난 1년.

학생들은 자신이 사람들을 만나거나 취미 활동을 하면서 덧없이 시간을 보냈다고 생각했겠지만 그가 얻은 건 셀 수 없이 많았다.

수업을 받는 동안 새로운 학문을 접하면서 많은 깨달음을 얻었고 와튼스쿨의 천재들과 더없이 소중한 친분을 다졌다.

저녁이 되면 홀로 앉아 '제우스'에서 보내온 최신 정보와 자료들을 분석했고, 스스로도 각종 학술지와 금융 관련 자료들을 찾아보며 새로운 투자 분야를 개발했으니 와튼스쿨에서 보낸 1년은 절대 헛된 시간이 아니다.

"두영아, 고생이 많았다."

"아닙니다. 1년 동안 '창공' 사무실에서 많은 것을 배웠습니다. 김 실장님께 영어도 배웠고 공연 기획에 관한 것도 배웠습니다. 저에게는 1년이란 시간이 정말 좋았습니다."

"다행이다, 열심히 해. 그러면 너도 너만의 세상을 넓혀 갈수 있을 거야. 원한다면 그쪽으로 진출할 수 있도록 내가 도와줄게."

"형님이 제가 필요 없게 된다면요. 전 그때까지 형님을 떠나지 않을 겁니다."

"그래, 그것도 좋고. 자, 이제 가자."

정두영이 열어 준 차를 타자 앞과 뒤에서 5대의 검은색 승용차가 동시에 출발했다.

미국의 경호업체 '프로텍터'의 경호원들이었다.

귀국한다고 하자 직접 날아오겠다며 방방 뜨는 김윤호를 간신히 달랬더니 그는 '프로텍터'에 의뢰해서 그가 안전하게 귀국할 수 있도록 조치했다.

공항에 도착하자 어떻게 알았는지 30여 명의 기자들이 그를 기다리고 있었다.

기자들이 우글거리자 사람들이 자연스럽게 몰려들었고 경호원들의 철통 같은 경호 속에서 짧은 인터뷰를 마쳤다.

뭐, 내용이야 뻔하다.

와튼스쿨에서 공부한 소감, 다음 콘서트 일정, 1년 만의 귀국에 대한 소감과 미국으로 돌아오는 일정, 후속곡에 대한 것들이었다.

인천국제공항의 분위기는 뉴욕공항과 완전히 달랐다.

극비리에 추진된 귀국이었으나, 결정적 순간 김윤호가 변심해서 기자들에게 정보를 흘렸기 때문에 3대 방송국의 카메라가 전부 보였다.

국보급 가수의 귀환.

지난 1년 동안 콘서트를 제외하고 가수 활동을 하지 않았지만, 1년의 절반이나 빌보드 차트를 석권했고 워낙 콘서트의 여파가 컸기 때문에 한국에선 이병웅을 영웅이라 부르고 있었다.

스포츠를 통해 국위를 선양한 사람들에게 주어지는 영웅의 칭호를 가수인 이병웅이 받았던 것이다.

게이트를 나선 이병웅은 수없이 몰려든 사람들 틈에서 부모님을 확인하고 뛰었다.

자신의 모습을 발견한 아버지와 엄마는 달려오는 아들을 끌어안은 채 눈물을 글썽였는데 특히, 엄마는 이병웅을 안은 채 펑펑 울었다.

"우리 아들, 보고 싶었어."

"엄마, 나도 보고 싶었어요."

정말이에요. 정말 보고 싶었어요, 엄마.

수없이 터지는 카메라 플래시를 느꼈지만, 이병웅은 한동안 엄마를 안은 채 움직이지 않았다.

세상을 호령하는 월드 스타였고, 천문학적인 자금을 운용하는 투자자였음에도 엄마의 품에 안기자 자신은 어린아이가 된 것 같았다.

『전설의 투자가』 5권에 계속…